KB216229

주무시고 가실래요?

뉴욕의 집

주무시고 가실래요?

뉴욕의 집

초판 1쇄 인쇄일 2022년 5월 20일
초판 2쇄 발행일 2022년 6월 25일

글 · 그림 | 송순빈
본문 · 표지 디자인 | 예온
총괄편집 | 심은정
편집팀 | 이한나
마케팅 | 김리하

펴낸이 | 권성자
펴낸곳 | 도서출판 아이북(임프린트/창이 있는 작가의 집)

주 소 | 04016 서울 마포구 희우정로 13길 10-10, 1F 도서출판 아이북
전화 | 02-338-7813~7814
팩스 | 02-6455-5994
출판등록번호 | 10-1953호 등록일자 2000년 4월 18일
이메일 | ibookpub@naver.com
Copyright ⓒ 송순빈 2022 printed in seoul, korea

ISBN 979-11-90715-05-8   03810

값 16,800원

주무시고 가실래요?
뉴욕의 집

송순빈 글·그림

스물세 살부터 시작된
뉴욕댁의 특별한 손님 초대일지

창이 있는
작가의
집

사람을 귀하게 여기신
어머니께

프롤로그

○

갑자기 날씨가 풀려 남편과 정원 청소를 하고 열심히 씨앗을 뿌렸다. 올여름엔 조카 둘이 먼 곳에서 결혼하게 되어 집을 비울 날이 많다. 텃밭 가득 자라 나올 채소랑 예쁜 꽃들을 제대로 볼 수나 있을까 싶지만, 그래도 할 일은 해야 한다. 우리가 집을 비운 사이 손님들이 머물고 가는 일도 있으니까.

어쩌다 보니 내가 태어난 내 나라에서 산 날보다 외국에서 산 날이 두 배가 넘었다. 이쯤 살아보니 사람 사는 건 지구촌 어디나 마찬가지인 것 같다. 어디에 있든 마음을 열면 따뜻하게 살고 마음을 닫으면 춥게 살게 된다. 우연찮게 지난 40년간의 손님 초대일지를 쓰면서 그것을 더 실감하게 되었다.

단순하게 시작한 나의 기록이 생각지 않게 책으로 엮이게 되었다. 평생 글을 가까이한 큰언니가 처음부터 끝까지 응원해준 덕이다. 그래도 내 인생에 책을 내게 되리라고는 상상도 못 했던 일이어서 조금은 놀랍고 당황스럽다.

이 책의 반 이상은 남편과 함께 만들어간 이야기이다. 그간 많은 손님을 초대하며 지루할 틈 없이 즐겁게 살 수 있었던 절반의 공은 남편 김재덕에게 있다. 40년 동안 변함없는 모습으로 함께해준 그에게 감사한다.

2022년 봄날에

뉴욕에서

송 순 빈

프롤로그 ° 6

1. 식사하고 가실래요
주무시고 가실래요

식사하셨어요 ° 15

우리는 왜 이렇게 손님이 많은 거지 ° 19

와서 하룻밤 주무시고 가세요 ° 22

나그네를 조금 돌보려 노력했어요 ° 26

★ 우리 집 맛있는 한 끼 ° 29

꼬일 대로 꼬인 우리 집 예약 상황 ° 34

35년 동안 이어진 컬럼비아 송년 모임 ° 37

꾀순이의 손님 초대는 언제나 진화 중 ° 42

대가족의 부활, 옥스퍼드 디너 클럽 ° 48

★ 옥스퍼드 디너 클럽 브런치 ° 54

2. 작은 정성으로
큰 감동을
돌려받아요

대충이어도 정성이 가득 들어갑니다 ° 61

★ 다섯 부부 코스요리 초대 ° 65

그냥 생긴 대로 삽니다 ° 69

사람 관계도 정원 가꾸기와 비슷해요 ° 74

저도 사람들을 거두고 먹이겠습니다 ° 79

밥심으로 일궈낸 호프 교회 ° 83

태평양을 넘나드는 옹기장이 선교단과의 인연 ° 87

밥값 놓고 싸우지 맙시다 ° 91

★ 반얀나무처럼 휴식처가 될 수 있을까 ° 94

3. 제기동의
작은 아씨들

제기동 그 골목에는 어머니가 계시다 ° 99

너희 식구만 호의호식해선 안 된다 ° 106

천하무적 여섯 자매, 제기동의 작은 아씨들 ° 109

한식, 양식을 가리지 않는 자매들의 음식 솜씨 ° 116

★ 손자 돌상 차리기 ° 120

내 롤모델인 언니들이 아직도 참 예쁘다 ° 124

관광버스를 대절해서 다닙니다 ° 126

친정의 특별한 전통, 동화 같은 크리스마스 ° 131

이건 엄마가 사시는 거야 ° 136

4. 누구나
자기 드라마의
주인공입니다

대학원생에서 생선 장수가 된 공학도 ° 141

밥값은 네가 내라 ° 147

모두 자기 드라마가 있다 ° 152

아이가 넷이에요 ° 158

무지개 가족의 마음 둥글리기 ° 163

자식의 자식들도 준비된 호스트가 되어간다 ° 167

★ 큰아들 깜짝 생일파티 ° 171

킴스기빙, 김 씨네 추수감사절 ° 174

파리, 나의 가난했던 유학 시절 ° 177

5. 친구를 갖는다는 건
또 하나의 인생을
경험하는 것

생각보다 이 세상에는 좋은 사람이 많다 ° 185

우연이 아니라 운명이었다 ° 189

국적은 상관없어, 마음을 기댈 수 있으면 ° 197

로맨틱 홀리데이, 집 바꿔 여행하기 ° 203

좋은 사람과의 행복한 식사가 천국 아닐까 ° 209

지혜의 뿌리를 찾아서 ° 213

마음에 쏙 들어 더 놀라는 투르젤의 시골집 ° 219

김치식당 주인, 은영의 슬픈 노래 ° 226

오늘 저녁 메뉴는 뭐야 ° 230

50년 긴 시간의 다리를 뛰어넘어 ° 232

인생의 황금기를 같이할 친구 ° 236

★ 미국 배로 잼 만들기 ° 239

보고 싶다, 리오야 ° 243

에필로그 ° 250

1장

° 식사하고 가실래요
주무시고 가실래요

식사하셨어요

○

남편과 나는 미국의 뉴욕과 그 근교에서 40년 가까이 살면서 네 명의 자녀를 키웠다. 한국에서 프랑스로, 다시 미국까지 내 삶의 여정은 때론 힘들었으나 그럼에도 우리를 찾아오는 지인들과 음식뿐 아니라 잠자리를 나누었기에 웃음과 기쁨이 공존한 나날들이었다.

바람 불어 좋은 오늘, 일찌감치 한인마트에 들러 식재료를 사들고 나오는데 아는 사람을 만났다. 어김없이 똑같은 인사말이 나온다.

"어머, 오래간만이에요. 식사하셨어요?"

우리가 어렸을 때는 길에서 지인을 만나면 "식사하셨어요?"

하는 게 자연스러운 인사말이었다. 밥 한 끼 제때 먹는 것도 어려운 시대여서 그랬던 걸까? 아직도 한국의 1970년대를 살고 있는 남편 역시 우리 집에 들른 모든 사람에게 여전히 그렇게 묻는다.

"식사하셨어요?"

"밥 먹었니?"

한국 사람에겐 한국말로, 미국 사람에겐 영어로 물어본다.

"Did you eat?"

그런 인사 문화가 없는 미국 사람에겐 의아한 질문일 수밖에 없다. 그래도 남편은 사람을 만나면 100퍼센트 이렇게 물어본다.

대개는 안 먹었어도 먹었다고 하는 경우가 많지만, 눈치가 살짝 없으면 곧이곧대로 안 먹었다고 한다. 그러면 남편은 내가 당연히 음식을 내어놓을 거라고 여기고 밥 먹자고 권한다.

우리가 식사하려고 할 때는 상관없다. 숟가락 하나만 더 얹으면 되니까. 문제는 식사를 끝낸 후나 냉장고에 별다른 재료가 없을 때도 있다는 것이다.

건물 청소하러 다니는 직원이 들르면 식사 때가 아니어도 식사했냐고 묻는다. 내가 그 말끝에 뒤에서 살짝 딱히 먹일 만한 게 없다고 속삭이면 "라면이라도 끓여주지?"라고 한다.

남미에서 온 친구들에게? 다행히 이들은 입맛이 우리와 비슷해서 한 그릇을 뚝딱 비웠다. 그래서 나는 남편의 "식사하셨어요?"라는 말이 겁난다.

흔히 사람들이 오해하는 게 있다. 여러 가지 조건이 갖춰져야 손님 초대가 가능하다고 여기는 것이다. 집이 크거나 음식 솜씨가 좋거나 음식을 장만하는 사람에게 시간이 많아야 한다고 생각한다.

우리는 신혼 때부터 손님 초대를 했지만 그런 조건이 갖추어진 건 아니었다. 집은 컸으나 너무 낡아서 실제로 쓸 수 있는 공간은 조그만 아파트 정도밖에 안 됐다. 내 음식 솜씨로 말하자면 스물셋에 결혼할 때까지 밥 한 번 제대로 해본 적이 없는 백지 상태였다.

난방비가 무서워서 응접실에 벽난로만 피우고 집 안에서도 외투를 입고 지냈다. 사람들에게 내줄 식기도, 침구도 변변히 없었다. 그런데도 친구나 친척을 겁 없이 초대했는데 지금 생각해도 내 알량한 솜씨로 음식 대접을 했다는 게 신기하다.

너도나도 젊고 순진하던 시절이라 해주는 사람이나 먹는 사람이나 모이는 데 의미를 두었을 뿐, 음식이나 잠자리의 불편 같은 건 문제가 안 되었던 것 같다.

그때 시작해 지금껏 우리 집에서 모이는 남편 친구들의 송
년 모임도 마찬가지이다. 우리보다 더 큰 집을 가진 친구도 있
고 음식 솜씨가 뛰어난 집도 있지만 자리를 옮길 줄 모르고 우
리 집에서 모이는 것을 보면, 좋은 조건이 손님 초대의 필수조
건이 아닌 것은 분명하다. 사실 손님 초대는 하면 할수록 쉽고
안 하면 안 할수록 엄두가 나지 않는 일인 것 같다.

　　이제 나는 손님 치르는 일에 이골이 나서 일단 겁을 내지 않
는다. 손님 초대는 성공이다 실패다, 정의를 내릴 수 없다. 좋
은 마음으로 사람들을 초대하고 정성을 다하면 대부분 모이는
것 자체로 행복해한다.

　　그래서 초대하는 사람이 큰 부담을 가질 필요가 없다는 게
내 생각이다. 나는 무사히 손님치레를 하고 다들 떠났을 때 느
끼는 뿌듯함이 부담감보다 더 크다.

　　'일단 초대해보시라.'

　　이제껏 남을 초대하는 게 어렵다고만 생각한 분이 있다면
꼭 권하고 싶다. 손님들이 다 떠난 후의 그 특별한 기쁨을 알게
된다고 말이다.

우리는 왜 이렇게
손님이 많은 거지

○

    그간 두서없이, 닥치는 대로 사람이 좋아 많은 사람을 초대해 식사를 대접하고 재워주기도 했다. 그런데 오늘 한 무리의 손님이 떠나고 나자 문득 이런 생각이 스쳤다.

    '그동안 그 많은 손님의 끼니를 내가 어떻게 해결했지?'

    갑자기 '손님 초대일지' 같은 걸 써봐야겠다는 생각이 들었다. 우리 집에 누가 왔다 갔는지, 어떻게들 오게 되었는지, 사람들을 어떻게 먹이고 재웠는지 최대한 기억을 되살려 써보기로 했다.

    재미있을 것도 같고 유용할 것도 같았다. 같은 사람이 두 번째 방문하면 이 일지를 뒤적여 이전과 다른 식사를 준비해줄 수도 있을 것이다. 일지가 곧 내 생활을 담은 일기가 될 수도 있을 거고.

그렇게 쓰다 보면 우리가 왜 이렇게 손님 초대를 많이 하는지 그 실마리도 찾을 수 있지 않을까?

초대일지를 쓰기 시작하고 지인들을 만났을 때 혹시 우리 집에서 밥 먹은 적이 있냐고 물어봤다. 언젠가 들렀더니 막 수프를 끓였다며 먹고 가라고 해서 먹었다, 우연히 김밥 쌀 때 들렀다가 같이 먹었다는 등 많은 사람이 나는 생각조차 나지 않는 소소한 일까지 알려주었다.

처음엔 그저 기록을 위해 일지를 썼는데 예전 기억까지 떠올려보니 글 쓰는 게 그렇게 재미있을 수 없었다. 내 머릿속 이야기를 꺼내는 것이라 그랬는지, 오랜만에 만난 친구에게 내가 살아온 얘기하듯 써서 그랬는지, 다 쓰는 데 두 달밖에 걸리지 않았다.

주로 내 나이 스물두 살에 만나 거의 그 두 배를 함께 살아온 우리 부부가 사람들과 식사와 잠자리를 나눈 이야기인데, 지극히 평범한 우리 일상이 좀 특별하게 보인다면 그간 세상이 많이 변했기 때문일 것이다.

1973년 중학생 때 미국에 이민 온 남편은 아직도 한국의 1970년대 정서를 간직하고 있고 1980년에 고국을 떠난 나도 비슷하다. 유난히 남들을 거두어 먹이셨던 양가 부모님을 보고 살아서인지 그 옛날 인심 좋던 세상을 떠나보내기 싫어하는 것 같다.

남편과 나에게는 요즘 세상, 요즘 세대가 오히려 조금 낯설다. 철모르고 일찍 결혼해 힘든데도 아이가 좋아 넷이나 낳은 우리는 아이를 갖는 데 왜 그리 선결조건이 많이 필요한지 잘 모른다. 집에 사람들을 초대해 따뜻한 밥을 대접하는 게 왜 그리 힘든 일이 된 건지도 잘 모른다.

친정의 가정경제를 떠맡으셨던 어머니는 이런 말씀을 하셨다.

"여섯 아이를 먹이고 공부시킬 때는 애들만 다 크면 부자 되겠다 싶었는데 모두 졸업하고 나니 더는 논이 벌리지 않더라."

네 아이의 엄마인 내 경험으로도 아이들은 자기 먹을 것을 갖고 태어난다는 옛말이 맞는 것 같다. 모두가 가난했던 시절을 꽤 오래 거친 우리 세대는 그래도 서로 나눌 줄 알고, 도울 줄도 알았다.

요즘 말로 '라떼는~' 하고 싶지 않지만 사람 사이에 온정이 넘쳤던, 옛 풍습이 그리운 건 어쩔 수 없다.

와서 하룻밤
주무시고 가세요

○

이번에도 또 일이 커졌다. 어른 열여섯에 아이 셋.

늘 시작은 그렇지 않은데 결국 식탁에 다 앉지 못할 만큼 인원이 늘어났다. 본래 계획은 여름이 가기 전에 타지에 사는 자녀들을 불러모아 바닷가 집에서 일주일을 지내는 가족 행사 Family Week였다. 아이가 넷인 우리 집은 큰아이 둘이 결혼한 뒤 우리 식구만 모여도 어른 여덟에 아이가 둘로 적지 않은 인원이 된다.

휴~!

그런데 독일에 사는 조카 부부가 아홉 달 된 아기를 데리고 우리 집에서 5주간 머물게 되었으니 자동 합류.

독일 조카네를 위해 오래 못 본 근처의 다른 조카들도 불렀다. 갓 결혼한 조카 주서와 에밀리 그리고 주헌이와 여자친구 리사. 이게 끝이 아니다. 갑자기 워싱턴D.C.에 사는 막냇동생이 뉴욕에 온다며 이틀만 재워달란다. 까짓거, 방이 있으니 또 흔쾌히 받았다.

이렇게 우리 집은 이런저런 이유로 늘 사람들이 북적인다.

8년 전에 바닷가 동네에 방 세 개짜리 작은 집을 샀다. 우리도 나이가 들었으니 가끔 휴식할 시골집이 필요했다. 그런데 몇 년 후 결혼한 자녀들이 제 식구들을 데리고 오니 방이 모자라 집을 좀 늘렸다가 결국 대대적인 증축까지 하게 되었다.

사실 우리 식구만 생각하면 굳이 고생하며 집을 증축할 이유가 없었다. 그런데 바닷가 집을 좋아하게 된 조카나 친구들이 자주 함께하게 되니 그럴 때 누군가 거실에서 자야 하는 게 영 불편했다. 방이 많이 늘어난 건 그 때문이었다.

뉴욕은 많은 사람이 방문하는 곳이다. 누구나 한 번쯤을 가보고 싶은 도시이기 때문이리라. 자연히 미국의 다른 도시에서, 한국에서 참 많은 사람이 우리 집에 들른다.

다행히 우리 부부는 집에 손님 초대하는 걸 좋아한다. 툭하면 아침이나 먹으러 오라고 부르고, 간단히 밥이나 먹자고 부르고, 어떤 때는 자고 가라는 말도 겁 없이 하곤 한다. 한국같이

몬탁의 등대, Montauk lighthouse, 120×60cm, Acrylic on canvas, 2017

✝ 뉴욕 롱아일랜드의 동쪽 끝, 몬탁의 등대.
이날은 바람이 어마어마하게 불었다.
구름이 드라마틱한 그림을 그리고,
들판의 마른 풀들은 좋아라, 바람에 몸을
맡기고 있었다.

먼 데서 오면 무조건 비싼 호텔 말고 우리 집에서 지내라고 강권하기도 한다. 최근에는 남편 친구 아들 진길네 부부가 한 살된 딸과 이틀간 지내다 갔다.

뉴욕은 뉴욕이라서, 바닷가집은 하늘과 바다가 예쁜 동네라서 자주 사람들이 찾는다.

바닷가 집에 초대할 땐 "와서 하룻밤 주무시고 가세요"라는 말을 잊지 않는다. 뉴욕 시내에서 160킬로미터 떨어진 곳이라 어차피 당일치기하기엔 좀 멀다. 게다가 집에 돌아갈 걱정 없이 늦게까지 놀다가 맛있는 아침 식사까지 나누고 나면 그리 친하지 않았던 사이라도 곧 가족처럼 친근해지기에 우리는 하룻밤 머물기를 권한다.

바닷가 집에서 보낸 '가족 주일' 아니 '사촌 주일'은 성황리에 끝났다. 일주일 동안 식사 때마다 전쟁 치르듯 열아홉 명이 먹고 마시고 떠들다가 갔다. 새로 생긴 조카며느리들은 처음 만난 사촌들과 친해졌다.

오면 반갑고 가면 더 반갑다는 아이들이 와르르 몰려왔다가 썰물처럼 빠져나간 집을 두루 청소하면서 아무리 생각해도 우린 좀 과하다 싶게 손님을 치른다는 생각이 들었다.

나그네를 조금 돌보려
노력했어요

○

많은 사람이 코로나19 세계 대유행을 겪으며 다시 집밥의 맛을 알게 되었다는 얘기를 들었다.

미국에서도 빵 굽는 가정이 늘어 뉴욕같이 큰 도시에서도 슈퍼마켓에서 호밀이나 통밀가루 구하기가 쉽지 않았다. 나도 우리 딸이 대학원 재학 중 동네 빵집에서 일하면서 배운 비법으로 잉글리시 머핀, 치아바타, 피타, 심지어 베이글까지 집에서 굽는다.

팬데믹 동안 도시를 피해 바닷가 집으로 피난(?) 왔는데 은둔생활에 남는 게 시간이라 이것저것 해보다가 얼추 제빵사가 되었다. 전에는 영 자신 없었던 한국 음식도 1년 이상 집에서 해먹다 보니 솜씨가 그야말로 일취월장했다.

화가 복이 된다더니Blessing in a disguise 어려운 상황에서도 좋은 것들이 있기 마련이다. 사람들을 그리워하게 된 것, 사먹기보다 집에서 해먹게 된 것, 그냥 건강하기만 하면 감사하다는 것, 당연히 여기던 것들이 당연하지 않음을 아는 것 등, 그동안 잊었던 기본 가치의 소중함을 다시 깨달았다.

나와 남편은 허구한 날 손님이 끊이지 않던 생활을 하다 갑자기 둘만 있게 되자 처음에는 모처럼의 휴식이 싫지 않았다. 그런데 시간이 갈수록 사람들이 그리웠다. 그리고 우리가 그동안 얼마나 사람들을 자주 초대했는지 상대적으로 더 느끼게 되었다.

나는 미국에 산 기간만 40년이 다 되어간다. 거의 매해 서울을 방문했지만 그래도 이제 서울에서는 외국인에 가깝다. 그래서 그런가, 근래에 서울에서 이해가 잘 안 되는 풍조가 있다. 절친한 친구도 집밥을 먹으러 오라고 초대하는 경우가 거의 없다는 점이다. 물론 한국에 맛있고 저렴한 식당이 많은 것도 사실이다. 그래도 옛날 우리 어렸을 때처럼 스스럼없이 사람들을 집에 들이는 정이 많이 사라진 것 같아 아쉽다.

성경 신명기와 야고보서에 "나그네와 고아와 과부를 돌보라"는 구절이 있는데 우리 부부가 좋아하는 말씀이다. 언젠가

부터 남편과 나는 우리가 딱히 받은 달란트도 없고 거창하게 선교도 못 하지만, 분명히 우리가 할 수 있는 다른 일이 있을 거라고 생각했다.

그래서 염두에 둔 것이 바로 이 말씀이었다. 비록 처지가 어려운 사람들을 찾아다니며 돕지는 못하지만, 주변 사람들에게라도 우리가 할 수 있는 일들이 있다면 하고 싶었다. 고아는 아니지만 부모를 떠나 뉴욕에 사는 친인척, 친구의 아이들이 열 명이 넘는다. 자연히 우리가 그들의 보호자 역할을 해야 한다고 생각한다.

그동안 뉴욕의 우리 집을 거쳐간 많은 손님도 우리에게는 나그네였다. 어차피 우리도 본향인 하늘나라에 갈 때까지 나그네이지만, 이 세상에 사는 동안 뉴욕을 방문하는 사람들을 따뜻하게 맞아줄 기회가 주어졌다고 여긴다. 감사하게도 하나님은 우리에게 그럴 수 있는 환경을 마련해주셨다. 여건이 허락되는 대로 따뜻한 잠자리와 맛있는 식사를 제공할 마음이다.

그렇다 해도 언젠가 하나님 앞에 섰을 때 "너 뭐하다 왔니?" 하고 물으시면 감히 "나그네와 고아를 조금 돌보려고 노력했어요"라는 말은 못 할 것 같다. '지극히 작은 자'를 찾아나서지는 못 했기 때문이다.

우리 집
맛있는 한끼

남편과 나는 하루 중 아침 식사를 제일 좋아한다. 요즘은 주로 늦은 아침과 이른 저녁 두 끼를 먹어 아침 식사가 더욱 중요해졌다. 우리는 아이들이나 손님이 와서 사나흘 묵을 때 다음 세 가지 정도로 아침 메뉴를 바꾼다.

- 사워도 빵 또는 바게트, 샤크슈카, 딸기 스콘, 각종 베리, 커피 혹은 차
- 아보카도 토스트, 복숭아 스콘, 각종 베리, 커피 혹은 차
- 비건 팬케이크, 베이컨과 달걀프라이, 초코칩 스콘, 각종 베리, 커피 혹은 차

만들기

° 샤크슈카(Shakshuka)

원래 북아프리카 튀니지 음식인데 이스라엘이나 중동 지방에서 많이 먹는다. 에그 인 헬Egg in hell이라고도 한다. 재료는 기호에 맞게 넣으면 되는데 나는 주로 빨강 피망 혹은 대파와 시금치 샤크슈카를 만든다. 무쇠 프라이팬에 만들어 식탁에 올리면 보기도 좋고 먹는 동안 식지 않는다.

재료(4~6명): 양파 큰 것 2개, 마늘 10쪽, 피망 2개, 토마토 2개, 달걀 6~8개, 소금, 후추, 큐민, 고수, 채수나 닭고기 육수

❶ 채 친 양파와 마늘을 올리브기름을 넉넉히 두른 프라이팬에서 볶는다.

❷ 채 친 피망과 다진 토마토(또는 토마토소스)를 넣고 채수를 부어 약한 불에서 30분 정도 끓인다. 소금, 후추, 큐민으로 간을 한다. (여기까지는 하루 전이나 아침 일찍 해놓아도 된다. 채수의 양은 30분 끓이면 자작하게 남을 정도로 넣는다.)

❸ 상에 올리기 직전에 우물처럼 달걀이 들어갈 자리를 군데군데 만

들고 달걀을 깨뜨려 넣는다. 끓기 시작하면 1~2분 후에 불을 끄고 뚜껑을 덮어 여열에서 익힌다. 오래 두면 노른자가 너무 익어서 맛이 덜하다. 상에 올리기 전에 고수 다진 것을 뿌린다.

아보카도 토스트

만들기 쉽고 영양이 풍부해서 자주 해먹는다. 잉글리시 머핀은 집에서 굽지만 바쁠 때 산다. 수란 만들기가 부담되면 달걀프라이로 대신해도 괜찮다.

재료(4인): 잉글리시 머핀 2개, 잘 익은 아보카도 2개, 아루굴라(루콜라) 120g, 달걀 4개, 크림치즈, 발사믹 글레이즈

❶ 잉글리시 머핀 2개를 배를 갈라 토스터에 굽는다.
❷ 머핀에 크림치즈를 바르고 그 위에 아루굴라, 납작하게 썬 아보카도, 수란을 얹고 발사믹 글레이즈를 뿌려 모양을 낸다.

수란

❶ 달걀을 작은 종지에 따로따로 깨놓는다.
❷ 팬에 물을 2cm 높이로 넣고 식초 1큰술과 소금 1작은술을 넣어 끓인다.

❸ 물이 끓으면 중간 불로 낮추고 달걀을 하나씩 조심스럽게 팬에 앉힌다. 뚜껑을 덮고 불을 끈 뒤 5분쯤 후에 건져 낸다. 수란을 미리 만들어놓으려면 얼음물에 담갔다가 건져서 냉장 보관한다. 필요할 때 뜨거운 물에 잠시 넣으면 따뜻한 수란이 된다.

° 딸기 스콘

딸기 외에도 블루베리, 산딸기, 복숭아 같은 제철 과일을 넣어도 되고, 아이들이 좋아하는 초콜릿 칩을 넣어도 맛있다. 나는 보통 한 번에 세 가지 정도 다른 종류를 만든다.

재료(16개 기준): 밀가루 4컵, 설탕 6Ts, 베이킹파우더 2Ts, 소금 2ts, 버터 1컵 반, 달걀 큰 것 4개, 생크림 1컵, 딸기 1컵 정도

❶ 밀가루, 설탕, 베이킹파우더와 1~2cm 두께로 자른 차가운 버터를 블렌더에 넣고 2~3분간 섞는다. 블렌더가 없으면 재료를 커

다란 그릇에 넣고 차가운 버터가 녹지 않도록 재빠르게 칼로 잘라 덩어리가 거의 보이지 않을 때까지 섞는다.

❷ 생크림에 달걀을 넣고 잘 섞은 후 밀가루와 버터 반죽에 넣고 날가루가 보이지 않을 정도로만 뭉친다.

❸ 지름 20cm, 두께 3cm 정도의 케이크 모양 두 개를 만들어 냉장고에서 하룻밤 재운다.

❹ 반죽을 꺼내 파이처럼 8조각으로 잘라 팬에 2~3cm 간격으로 놓는다. 섭씨 200도로 예열한 오븐에 25~30분 정도 노릇노릇해질 때까지 굽는다.

꼬일 대로 꼬인
우리 집 예약 상황

○

"거긴 안 좋은 동네야. 그냥 우리 집으로 보내!"

남편이 친구와 전화하는 걸 들으니 또 손님을 받고 있나 보다. 우리 집이 호텔도 아닌데…. 지난번에도 동창 아들딸들이 예약해놓은 에어비앤비를 취소시키며 우리 집으로 데리고 왔는데 또?

이번엔 누구인가 들어보니 초등학교 동창 준이 씨네 둘째 아들이다. 법학을 전공하는데 여름방학 동안 브루클린 지방법원에서 인턴을 한단다. 법원이 우리 집에서 그리 가까운 것도 아닌데 굳이 걸어갈 수도 있는 거리라며 보내라는 것이다.

9주라니 좀 긴 것 같긴 한데 벌써 일방적으로 말을 해버렸으니 어쩌랴. 집에 손님방이 하나밖에 없는데 그 방은 뉴욕을 지

나는 손님들의 숙소이기에 준이 씨네 둘째 아들은 서재에서 재우기로 했다. 거기도 한쪽에 침대가 놓였고 욕실이 있어서 급하면 손님방으로 사용하고 있었다.

아니나 다를까, 며칠 후 손님방에 예약이 생겼다. 멀리 사는 동생이나 친구들은 우리 집에 손님이 많다는 걸 알고 뉴욕에 오기 전 예약을 한다. 그런데 남편이 서울 사는 사촌 동생과 전화하는 걸 옆에서 들으니 그 집 둘째가 뉴욕 여행을 온다는 것 같았다.

내가 옆에서 재울 방이 없다는 신호를 보냈음에도 남편은 또 손님을 받아버렸다.

에구, 진짜 곤란한데. 이럴 때 호텔이면 한 사람은 환불이라도 해주면 되겠건만….

난감하여 한동네 사는 큰아들에게 문자를 보냈다. 총각 한 명만 한 일주일 너희 집에서 맡아줄 수 있냐고.

우리 아이들은 어려서부터 이런 상황을 수없이 봐와서 그러려니 한다. 그런데 그때는 좀 심했다 싶었는지 제 아빠에게 심각한 문자를 보냈다.

"왜 그렇게까지 하시는 건데요?"

결국 날짜를 좀 조정해 겹치지 않게 해 우리 집에서 두 팀씩 자고 갔다.

그해 여름 9주 동안 우리 집에서 함께 지낸 준이 씨네 둘째 아들 기용이는 또 다른 가족이 되었다. 이민 2세에 가까운데도 군대를 다녀와서 그런가, 예의 바르고 부지런했다. 남편과 내가 가끔 논쟁을 벌이면 중립을 지키는 센스도 있었다.

지금은 어엿한 변호사가 되었는데 우리 집에서 가까운 곳에 살고 있어서 가끔 만나곤 한다. 명절이면 전화를 걸어 안부 인사를 하는, 정말 칭찬밖에 할 게 없는 보기 드문 청년이다.

기용이 어머니가 아들을 참 잘 키우셨다.

35년 동안 이어진
컬럼비아 송년 모임

○

1983년 봄, 나는 대학원생인 남편과 결혼했다. 당연히 우리 주위의 친구 대부분이 학생이었고 결혼한 사람은 드물었다. 결혼식 때 받은 선물은 세 명이 모아서 산 30달러짜리 전기 프라이팬, 책상용 램프 같은 것들이었다. 책상용 램프는 가구점을 하시는 부모님 가게에서 들고 왔다는 이야기도 들렸다.

처음에는 시부모님과 함께 생활했지만 1984년 가을, 우리는 시부모님의 도움으로 내 집 마련에 성공했다. 친구들 중 유일하게 집을 가진 사람이 된 것이다.

당시 우리 집은 브루클린 아델파이 가^{Adelphi St.}에 있는 5층짜리 타운하우스였는데 주민의 80퍼센트가 흑인이어서 우범지역이라고 알려진 곳이었다. 본래는 좋은 동네에 방 하나짜리 작은 아파트를 살 생각이었다. 그런데 어쩌다 보니 1800년 대 말에 지은 낡은 타운하우스를 같은 값에 사게 되었다. 그땐 몰랐지만, 우리의 손님 초대 본성이 영향을 주었던 것도 같다.

그 집에서 참 많은 사람이 먹고 자고 갔다. 아무튼, 다들 가난해서 어디서 밥 한 끼라도 먹을 수 있다면 기를 쓰고 나타날 때여서 더 그랬던 것 같다.

특히 남편의 대학 절친 필재 씨는 당시 하버드에서 MBA 과정을 밟고 있었는데 주말이면 차에 유학생들을 한가득 태우고 우리 집에 나타났다. 보스턴에는 제대로 된 한식당이 많지 않아 종종 뉴욕에 짜장면 먹겠다고 내려오는 친구들을 우리는 반가이 맞았다.

한 끼는 짜장면을 사먹었지만, 나머지는 내 알량한 솜씨로 밥을 해대야 했다. 침구도 변변히 없고, 나는 음식을 할 줄도 몰랐는데, 어떻게 툭하면 네댓 명의 장정이 그렇게 먹고 자고 갔는지 모르겠다.

그러다 보니 친구들과 우리는 주고받은 정이 깊었다. 우리가 아이들과 함께 보스턴에 가면 친구들이 돌아가면서 재워주고 아이들을 돌봐주었다. 한번은 발레 표를 사서 아이들을 맡아주고 우리 둘만 공연에 보내주었던 일도 있었다. 일단 자기 가족이 생기면 남을 챙기는 여유는 잃어버리는 게 세상인심인데, 우리는 운이 좋아 지금도 몇몇 친구들과는 네 가족 내 가족 없이 한 가족처럼 지낸다.

대학 동기와 선후배들을 1984년 아델파이 가의 집에 초대해 연 송년 모임은 이후 아예 '컬럼비아 송년 모임'으로 자리를 잡아 서른다섯 해 동안 우리 집에서 계속해왔다. 코로나 팬데믹 때 못 모인 것만 빼고 보통 열둘에서 많을 때는 스무 부부 가까이가, 아이들이 어릴 때는 아이들까지 데려와 함께했다.

중간에 딱 한 번 꾀가 나서 식당을 빌려 모인 적이 있었는데 집에서 하는 것과는 달랐다. 그냥 밥 먹고 헤어지자니 서운했다. 집에서처럼 야밤에 떡볶이를 한 냄비 해먹으며 그치지 않는 대화를 이어갈 수가 없었다. 그게 매해 우리 집에서 송년 모임을 계속하는 이유이다.

우리가 뉴욕주 경계의 뉴저지에 살 때 예기치 않게 폭설이 내린 적이 한두 번 있었다. 폭설이 내리면 당연히 많은 친구가 오지 못했다. 물론 개중에는 롱아일랜드(뉴욕주의 남동쪽 해안에 있는 섬)에서 목숨 걸고 달려온(?) 친구도 있기는 하지만….

어느 해인가는 사업상 제설차를 가지고 있는 친구가 주차를 못 하면 아무도 올 수 없다면서 우리 집 주위의 눈을 치워주기도 했다. 이렇게 다들 어떻게는 빠지지 않고 참석하려는 이유

나의 첫 집, Adelphi, 30×40cm, Watercolor, 2021

✝ 결혼 후 처음 장만한 내 집.
  큰아이 둘이 이 타운하우스에서 태어났다.
  지금도 이 집 앞을 지날 때마다 신혼 시절이 떠오른다.
  오래된 건물인데 아직 잘 버텨주고 있어서 대견하다.

는 그날 모이지 않으면 아주 친한 사이 말고는 다음 송년회까지 서로 얼굴 보기 힘들다는 사실을 잘 알기 때문이었다.

이제 청춘도 갔고 더는 가난하지도 않지만, 환갑 전후가 되니 배고프던 시절 못지않게 열심히 모인다. 일찍 자리를 털고 일어나서 가는 이도 드물다. 옛친구와 함께하는 시간이 아쉬워서이다. 매번 똑같은 얘기를 되뇌어도 처음 듣는 것처럼 재밌게 들어준다. 같은 추억을 가진 친구끼리 20대의 철없던 시절로 돌아가 그때의 말투로 서로 놀려대며 좋아라 한다. 그런 친구들이 어디 그리 많겠는가.

팬데믹이 끝나고 다시 모이면 감회가 클 것 같다. 어릴 때 친구가 얼마나 좋은지, 서로에게 얼마나 귀한 존재인지 새삼 실감하리라.

팬데믹으로 모임을 쉬어보니 그리 나쁘지 않아서 나도 슬슬 꾀부릴 때가 됐나 생각하기도 했다. 그런데 아니다. 인생에서 이렇게 길게 이어지는 친구들이 있다는 건 크나큰 행운 아닌가. 소중히 이어가고 싶다.

꾀순이의 손님 초대는
언제나 진화 중

○

1982년 3월 말에 뉴욕에서 남편을 만났다. 1980년부터 파리에서 공부하던 나는 셋째 언니 약혼식에 참석하려고 뉴욕에 갔다가 생각지 않게 소개팅을 하게 되었다. 잘못 들으면 오해의 여지가 있으나 그날 소개팅은 진지한 자리가 아니었고, 남편이 나의 소개팅 상대도 아니었다. 인연은 그렇게 맺어지는 건지, 아무튼 그때 만나서 거의 40년을 잘살고 있다.

우리는 결혼하고는 곧바로 시댁에 얹혀살았는데 무뚝뚝한 아들 형제만 데리고 사시던 시어른들은 갑자기 나타나 재재거리는 며느리를 무척 좋아하셨다.

이민 오신 지 10년 동안 가게에서 일하시느라 집에 사람을 초대하지 못하셨다는 어머님은 새 며느리가 들어왔다고 값비

싼 본차이나 세트부터 사셨다. 그때 차리셨던 손님상을 생각하면 왜 어머님이 그렇게 오랫동안 손님 초대를 못 하셨는지 짐작된다.

어머님은 사흘 동안 매일 장을 봐 오셨고, 상다리가 안 부러진 게 다행이다 싶게 음식을 차리셨다. 불고기와 갈비, 생선구이와 생선찜, 이렇게 겹치는 메뉴도 많이 하셨다.

"맛이 없어서 다 남았네."

손님이 가시면 늘상 하시던 말씀이었는데 사실은 음식을 너무 많이 하신 탓이었다. 밥 한 솥은 그대로 남고, 미처 오븐에서 나오지 못한 요리도 있었다. 자연히 식구들이 남은 음식을 일주일 내내 먹어야 했다.

그 기억 때문인지 나는 음식을 빠듯하게 하는 편이다. 그래서 남편이 늘 불안해할 정도이다. 내 성격 탓도 있겠지만 나는 음식보다 누구와 같이 먹느냐가 중요하다고 생각한다.

자주 손님을 초대하는 나는 쉽고 부담 가지 않는 방법을 택한다. 장보기는 될 수 있으면 손님 치르기 바로 전날에 하는데 그래야 음식 준비하는 데 신경 쓰는 시간이 준다. 하다가 힘들면 메뉴 하나쯤 빼기도 한다.

그래도 배고파서 가시는 손님은 없게 정성껏 준비하지만, 일단 준비 단계에서 너무 힘빼지 않으려고 노력한다. 그래야 겁 없이 아무 때나 손님을 치를 수 있다.

집 안 청소도 마찬가지이다. 결혼 후 시가에서 분가해 제일 먼저 초대한 친구가 내 중학교 동창 화림이다. 그때 어떤 음식을 했는지 전혀 기억나지 않지만 한 가지 잊히지 않는 게 있다.

남편에게 내가 음식할 동안 집을 좀 치워달라고 부탁했다가 곧 잘못했음을 깨달은 것이다. 꼼꼼한 성격의 남편은 엉뚱하게 자기가 총각 때부터 쓰던 책상 정리부터 시작했는데 서랍 속까지 뒤집어 결국 친구가 점심 먹으러 나타났을 때까지 책상 앞에 서 있었다.

믿거나 말거나 실화이다.

가끔 청소하기 싫어서 손님을 못 부르겠다는 사람을 본다. 누군가를 초대할 땐 거의 대청소를 해야 한다고 생각해서 그럴 것이다. 물론 청소의 신(?)이신 우리 남편과 사는 나는 복 받은 사람이다.

그런데 나는 청소에 크게 신경 쓰지 않는 성격이다. 집 안이 좀 깨끗하지 않아도 누가 욕할까 봐 걱정하지 않는다. 나는 호의로 손님을 초대했는데 집 안이 정갈하지 않다고 흉본다면 잘못은 불평하는 손님에게 있다고 생각한다. 음식을 두고 불평하는 경우도 마찬가지이고.

사람들이 우리 집에 오면 마음이 편하다는 말을 하는데 그러면 남편은 "집이 정돈되지 않아서 그런가 보다"고 한다. 그럴지도 모른다. 중요한 건 청소 걱정으로 좋은 사람을 초대해 즐거운 시간을 갖는 걸 포기하기보다는, 모이고 만나는 데 우선을 두는 게 아닐까?

내가 처음부터 손님상 차리는 데 능숙했던 건 아니다. 처음엔 나도 스트레스를 많이 받아서 손님 치르는 날 내 눈앞에서 얼쩡거리던 남편과 아이들이 내 신경질을 받아내기 일쑤였다. 특히 음식 준비하느라 정신없는데 배고프다고 밥 달라고 하면 좋은 소리를 듣기 어려웠다. 갑자기 재료가 모자라면 남편 사정은 아랑곳하지 않고 사오라고 시키기 다반사였다.

그런데 이렇게 오래, 자주 손님을 치르다 깨달은 게 있다. 일단 손님은 초대받은 자체가 고마워서 음식이 좀 맛없어도 만족해하니 굳이 죄 없는 식구들이 희생양이 될 필요는 없다는 점이다. 음식 솜씨를 자랑하려고 부른 게 아니니까 맛있으면 좋지만, 혹시 그중 하나쯤은 망쳐도 괜찮을 거라고 속 편히 생각하면 여유가 생긴다.

요즘에 와서는 사람들이 내가 어떻게 음식을 그렇게 손쉽게 하는지 묻는다. 여러 가지 음식을 하면서도 부엌에 늘어놓은 것 없이 깨끗한 걸 보고 신기해한다. 하다 보니 요령이 생기기도 했지만, 얼마쯤은 내 성격에서 온 것이다. 나는 어려서부터 힘든 일을 싫어하고 어떻게 해서든 쉬운 길을 찾는 데 촉이 발달한 꾀순이였다. 그 버릇은 어른이 되어서도 마찬가지이다.

오죽하면 한 친구는 내가 어떤 힘든 일을 해냈을 때 이렇게 말했을까.

"네가 한 거 보니 쉬운가 보다. 너 힘든 건 안 하잖아?"

요리 완전초보가 겁 없이 손님을 초대하면서 부딪친 장벽도 내 나름대로 쉬운 방법을 찾아 해결해갔다.

팁 1. 계획을 미리 잘 세운다

음식마다 필요한 조리 시간, 음식 궁합을 알면 메뉴 짜기가 쉽고 그날 전체 계획을 세울 수 있다. 음식을 하다 보면 부엌이 난장판이 되기 쉬운데 그건 두서가 없어서다. 조리 순서가 중요하다. 나는 웬만하면 프라이팬 하나, 냄비 하나를 계속 사용하도록 순서를 짠다. 그러면 부엌이 깨끗해서 정신적인 스트레스를 덜 받는다.

팁 2. 코스와 뷔페로 나눠 준비한다

적은 인원에게 코스요리를 낼 때와 사람이 많아 뷔페식으로 차릴 때 적합한 음식이 다르다. 코스요리로 대접할 때는 음식 때문에 부엌을 떠나지 못하는 안주인을 보며 손님이 미안해하지 않도록 메뉴와 순서를 잘 정해야 한다. 뷔페에서는 오래 두어도 맛을 유지하는 음식을 택한다. 두 경우 모두 전날 해두어도 손색없는 음식 한두 가지를 넣으면 손님 치르는 날 일이 훨씬 쉬워진다.

팁 3. 주문 음식을 활용한다

몸이 힘들거나 스트레스를 받으면서까지 모든 음식을 다 집에서 만들 필요는 없다. 피치 못해 100퍼센트 음식을 주문해도 예쁜 그릇에 담고 식탁보, 냅킨, 꽃 등으로 정성껏 차리면 훌륭한 식탁이 된다. 음식보다는 누군가에게 대접하려 했던 자신의 마음을 믿자.

미국 사람 집에 초대받아 가보면 음식이 그리 과하지 않다. 심지어 조금 배고파 돌아올 때도 있다. 결국 음식을 먹자는 게 아니라 모이는 것 자체를 즐기는 것이다. 내 경우는 많은 사람을 먹이다 보니 예산을 줄이려고 집에서 음식을 하지만, 방법이 어떻든 손님을 초대한다는 건 자신의 삶을 진지하게 나누고 싶다는 표현이라고 생각한다.

대가족의 부활,
옥스퍼드 디너 클럽

○

2015년 뉴저지에서 브루클린으로 이사하고 나서 우리는 제 부모와 떨어져 사는 근처의 조카와 친구네 아이들을 불러 밥을 먹이기 시작했다. 옛날 우리 자랄 때처럼 형제가 많지 않고 친척들이 자주 모이는 것도 아니어서 이렇게라도 대가족의 북적거리는 다정함을 맛보게 해주려는 마음이었다.

뉴저지에 살 때도 그런 생각은 했으나 시내에서 시외버스를 타고 우리가 사는 곳까지 오려면 한 시간은 족히 걸려서 실행하지 못했다.

어느 날 조카 몇이 모인 자리에서 우리 부부가 제안했다.

"아예 한 달에 한 번 밥 먹으러 모이는 거 어때?"

모두 기다렸다는 듯 찬성이었다. 내친김에 그 자리에서 우리 집 주소를 따서 '옥스퍼드 디너 클럽'이라고 이름 붙이고 정기적으로 모였다.

거의 빠지지 않는 멤버는 브루클린에 사는 큰아들 부부, 역시 브루클린에 사는 조카 부부와 또 다른 조카 둘, 참새같이 재재거리며 우리를 즐겁게 해주는 남편 친구 딸 카밀라와 남자 친구 폴, 얼굴도 마음같이 이쁜 시집 조카 희성이와 아담 등, 대충만 꼽아봐도 금방 열이 된다.

집이 멀어 가끔 오는 멤버는 워싱턴D.C.에 사는 둘째아들 부부와 막내, 그리고 보스턴에 사는 딸이다. 이 애들이 출동한다고 하면 날짜를 조정하거나 아예 한 번 더 모인다.

특별 멤버도 있다. 브루클린 지방법원에서 인턴을 하느라 여름 두 달 동안 우리 집에 살았던 남편의 초등학교 동창 아들 기용이, 브루클린에 사는 남편 대학 동창 딸 나탈리와 친구 프레디, 내 친구 딸 선아와 약혼자 앤드루, 남편 후배 딸 엘리와 사라, 사촌 언니 친구 딸 정원이, 동네 필라테스 교실에서 우연히 만난 크리스티나와 사돈총각 크리스까지, 다 모이기라도 하는 날이면 완전 잔칫집이다.

조카들 말고도 우리 집에 모이는 젊은이들이 우리를 삼촌! 이모! 하고 부르니까 이제는 모두 친조카 같다. 아이들은 와인이나 케이크를 사오고 예쁜 꽃다발을 들고 나타나기도 한다.

남편은 아이들이 한 상 가득 둘러앉아 웃고 떠드는 모습을 상 머리에서 흐뭇하게 바라본다. 아이들끼리도 오래 만나면서 친형제처럼 친해졌다.

요즘 한국에서는 자녀를 한둘만 낳아 공주나 왕자처럼 키운다는데, 부모가 떠난 후 주변에 사람이 없으면 그게 무슨 소용일까 싶다. 비록 남이지만 형제 같은 친구가 많다면 평생 든든하지 않을까?

같이 밥 먹자고 모였지만 이 모임은 여자친구나 남자친구가 생기면 선을 보이는 자리가 되기도 한다. 어떤지 좀 봐달라는 건지, 좋아서 자랑하고 싶은 건지, 아무튼 아이들은 사귀는 사람이 있으면 "한 명 추가요!"라며 데리고 온다. 이렇게 한두 번 왔다가 사라지는 친구도 있지만 계속 오는 친구도 있다. 그냥 남사친, 여사친을 데리고 오는 일도 더러 있다. 미리 알려만 주면 누구든 환영하는 게 옥스퍼드 디너 클럽이다.

언젠가 조카 주서가 여자친구 에밀리를 데려왔는데 첫눈에 쏙 마음에 들었다. 내 바로 아래 동생의 아들인 이 조카는 뉴욕에 살면서 우리 아이들과 친형제처럼 자랐다. 여행도 많이 갔고 방학도 같이 보냈다.

우리가 조카의 여자친구를 싫어한다 해도 아무 의미 없지만, 만일 좋아하면 상황이 조금 더 수월해진다. 부모가 타지에 있는 경우, 우리가 먼저 조카며느리 감을 만나 긍정의 사인을 준 경험이 벌써 두세 번 된다. 에밀리를 처음 본 날, 우리는 그에게 만점을 주었다. 오래전부터 알던 것처럼 다정하고 친근했고, 우리 집 못지않게 많은 사촌과 어울리며 자라서인지 성격이 아주 좋았다.

3년 후 에밀리는 조카며느리가 되었다. 그리고 신혼살림을 우리 큰아들 집 아래층에서 시작했다. 사촌끼리 한 건물에서 같이 아기를 낳고 기르게 되었으니 이제 손자 손녀들도 우리가 꿈꾸는 대가족의 따뜻함을 대물림해 누리게 되었다.

팬데믹 이후 거의 1년 반 만에 옥스퍼드 디너 클럽이 다시 모였다. 이날 브런치엔 평소보다 많은 멤버가 왔다. 팬데믹을 겪으며 생긴 현상 중 하나가 부르면 잘 나타나고, 모이면 헤어지려 하지 않는 것이다. 사람에 대한 그리움, 만나는 기쁨이 전에 비해 크다고 해야 하나? 12시까지 오라고 했는데 다른 때보다 시간도 잘 지켰다.

순식간에 크지 않은 응접실이 꽉 찼다. 인원이 많아서 테이블 양쪽에 의자 대신 벤치를 놓고 바투바투 붙으니 기적처럼 다 앉을 수 있었다. 그중 몇 명은 처음 만나는 사이라 돌아가면

브루클린 다리, Brooklyn bridge, 22.5×12cm, Watercolor, 2019

✝ 브루클린교는 언제 봐도 운치 있다.
큰아들이 5개월쯤 되었을 때 유모차에 태워 이 다리를 건넜다.
7월 4일, 독립기념일이었는데 날씨가 참 좋았다.

서 대충 인사를 시켰다. 그래도 우리와 연결고리가 있어 아이들은 금방 친해졌다.

이날은 특별한 일이 있었다. 처음으로 남편 동창 아들과 내 동창 딸을 자연스럽게 만나게 하는 자리였다. 큰 기대는 하지 않았는데 가만 보니 둘이 만날 약속을 하는 듯했다.

오랜만에 우리 집은 몇 시간 동안 시끌벅적했다. 잔잔하게 틀어놓은 재즈 음악 소리는 들리지조차 않았다. 남편은 그날도 예외 없이 자기 얼굴을 크게 앞쪽에 넣고 인증샷을 찍었다. 나는 얼굴이 작아 보이는 맨 뒷자리에 앉았다.

아이들이 돌아갈 때 문가에서 서로 인사하는 데만 또 30분이 걸렸다. 아이들이 올 때도 반갑지만 집에 돌려보낼 때도 묘한 뿌듯함이 있다. 집 떠나 사는 자식에게 배부른 한 끼 잘 먹여 보냈을 때의 안도감이랄까.

다들 돌아가고 나니 오랜만이라 그런지 피로가 몰려왔다. 나중에 힘들어 못 하게 될 날이 오면 어쩌나, 살짝 걱정되었다. 그렇게 되기 전에 더 자주, 아이들을 불러 먹여야겠다는 생각이 들었다.

옥스퍼드 디너 클럽
브런치

아침 겸 점심인 브런치는 손쉽게 사람을 초대할 수 있는 식사이다. 시장이 반찬이라는데 손님들 대부분이 배가 고픈 채 나타나니 음식 맛에 너무 신경 쓰지 않아도 된다. 힘들면 요리를 거의 안 해도 되는 장점도 있다. 빵집에서 갓 구워낸 신선한 빵, 요구르트와 푸짐한 제철 과일, 맛있는 커피와 향이 좋은 차만 있어도 훌륭하다. 거기에 집에서 만든 따뜻한 음식 한두 가지를 더한다면 금상첨화이다.

처음에 옥스퍼드 디너 클럽을 만들 때만 해도 한 달에 한 번은 아이들을 불러서 먹이리라 야심 차게 마음먹었다. 그런데 서로 일정을 맞추기 어렵고, 팬데믹까지 겹쳐서 요즘은 몇 달에 한 번 하기도 힘들었다. 벼르고 벼르다가 여자친구를 사귀게 된 기용이를 위해 겸사겸사 날짜를 맞추어보다 디너가 아닌 브런치로 하게 되었다.

내가 모임 전날 9시가 훨씬 넘어 집에 들어온 데다 며칠 전부터 몸살 기운이 있어서 메뉴는 힘들지 않게 최소한으로 짰다. 아침에 바쁠 것 같아 식탁부터 깨끗하게 치워놓고 다음 날 아침에 구울 딸기 스콘 반죽을 만들어 냉장고에 넣었다. 대파는 씻어놓고, 시금치는 살짝 데쳐놓았다.

메뉴

대파와 시금치 샥슈카

집에서 구운 사워도 빵

베이글과 훈제연어

딸기 스콘

블루베리와 키위

미모사(오렌지주스+샴페인)

° 오전 9시: 오븐을 섭씨 230도에 맞춰 예열한다. 대파는 흰 부분만 채 썰고 베이글과 훈제연어에 넣을 양파도 얇게 썬다.

° 오전 10시 20분: 빵 반죽을 오븐에 넣는다.

° 오전 10시 30분: 대파를 버터에 노릇노릇 볶다 데친 시금치를 썰어 넣는다. 채수를 자작하게 붓고 낮은 불에서 30분 정도 끓인다.

° 오전 11시: 버터와 크림치즈를 상온에 내놓는다. 베이글과 같이

먹을 훈제연어를 커다란 접시에 예쁘게 담는다. 얇게 썬 양파와 토마토, 케이퍼caper를 훈제연어와 어우러지게 놓는다. 베이글은 배를 갈라서 다시 두 쪽으로 썬다. 사람이 많을 때는 그래야 낭비가 적다.

◦ 오전 11시 20분: 사워도 빵을 꺼낸다. 오븐을 섭씨 200도로 낮추고 딸기 스콘을 굽는다.

◦ 오전 11시 30분: 과일을 썰어 담고 상차림을 한다.

◦ 오전 11시 50분: 딸기 스콘을 오븐에서 꺼내 식힌다.

◦ 낮 12시: 손님이 한둘 도착하기 시작할 때 대파와 시금치 사이에 우물을 만들어 달걀을 깨뜨려 넣는다. 커다란 프라이팬이면 달걀 6~8개를 넣을 수 있다. 치즈를 뿌리고 뚜껑을 덮어서 1~2분 후 불을 끄고 내려놓는다. 한눈팔면 노른자가 너무 익는데 그러면 맛이 없다. 약간 덜 익은 듯해도 여열로 익으니 오히려 조금 미리 내리는 것이 좋다.

미모사나 커피는 손님들이 직접 만들어 마시게 하거나, 아니면 자리에 앉았을 때 준비해도 된다. 미국에선 브런치에 알코올 음료를 자주 내놓는데 그중에도 보드카와 토마토주스를 섞은 블러디 메리나 미모사가 자주 등장한다. 남편이 자신 있게 고른 수박 맛이 별로라 가운데만 골라 화채를 만들고 나머지를 주스로 갈았다. 색깔이 고와서 오렌지주스 대신 수박을 넣어 미모사를 만드니 그런대로 낭비는 면

했다.

이제 브런치 정도는 굳이 시간표를 써놓고 하지 않아도 되지만 추수감사절이나 크리스마스같이 20~30명분의 음식을 할 경우는 세분화해서 자세한 시간표를 짠다. 시간표대로 하면 거의 그대로 된다는 걸 알기 때문에 마음이 편해진다.

아이들이 3시 정도 되니 슬슬 일어난다. 치우고 설거지를 끝내니 4시가 좀 넘었다. 일고여덟 시간 노동한 결과로는 꽤 보람 있다.

2장

○ 작은 정성으로
큰 감동을
돌려받아요

대충이어도
정성이 가득
들어갑니다

∘

　오랜만에 영주를 만나서 점심을 먹었다. 영주는 동생 친구라 고등학교 때부터 알았는데 대학에서 피아노를 가르치고 있다. 어느 날 독립기념일 주말을 바닷가 집에서 보내자니까 굉장히 좋아했다. 그 모습이 전화선 너머로 보이는 것 같았다. 영주는 바다에 나가 동네에서 하는 불꽃놀이를 보고 하룻밤 자고 갔다.

　영주도 빚지고는 못 사는 성격이라 그날 초대가 고마웠다며 계속 점심을 사겠다고 별렀는데 팬데믹까지 겹쳐 미루고 미룬 끝에 거의 3년 만에 점심을 먹게 되었다. 그때 우리 집에 왔던 게 굉장히 좋았다기에 물었다.

　"내가 뭐 해줬니?"

"새싹비빔밥이요."

새싹비빔밥. 왠지 몸에 좋을 것 같은, 이름만 근사한 짝퉁(?) 비빔밥이다. 현미밥에 밭에서 딴 아루굴라(루콜라), 미나리, 상추 새싹들과 달걀프라이를 얹고 초고추장 양념과 함께 내면 끝이다. 5분도 안 걸리는 초간단 요리로 퓨전 곡물 샐러드라고 하는 게 오히려 가까울 것 같다. 그래도 거기에 노란색 아루굴라 꽃을 얹으면 모양도 예쁘고 맛 역시 나쁘지 않다.

"언니가 그 위에 김 가루도 뿌렸어."

"네가 손님이라고 내가 정성을 쏟았네."

영주의 말에 웃으며 대답했다.

정말 그렇다. 정성은 손님 대접에 필수이다. 비록 내가 음식하는 데 스트레스받지 않고 즐겁게 하려고 상을 가볍게 차리지만, 정성까지 소홀히 하는 건 아니다.

보통 나의 점심 상차림은 비교적 간단하다. 주로 애피타이저도 생략한 일품요리가 대부분이지만 예쁜 그릇에 담아 평소 우리가 먹을 때하고는 다른 분위기를 만들어본다.

바닷가 집은 겨울이 아니면 늘 마당에 꽃이 피어 있어서 식

Welcome to
Chateau Choi
for
Auntie & Uncle

Burrata Cheese
Spicy Crabmeat
with Salmon Roe
Grill'd Octopus
Uni Pasta
Coconut Ice Cream
with Blueberry

Bon Appetit!

✝ 예쁜 조카 희성이가 손글씨로 만든 아름다운 메뉴판.
음식을 먹기도 전에 설레게 했다.

탁에 앙증맞은 꽃이라도 꽂아놓는다. 일회용 접시나 컵은 스무 명이 넘지 않는 식사 자리에서는 쓰지 않는다. 냅킨도 종이보다는 천으로 만든 것을 쓴다. 그래야 대접하는 것 같다.

뉴욕의 미슐랭 투스타 장 조지Jean George 식당에서 꼬마 요리사로 일하던 조카며느리네 집에 저녁 초대를 받았는데 예쁜 메뉴판에 그날 메뉴가 쓰여 있었다. 음식이야 말할 것도 없이 맛있었지만, 처음부터 그 메뉴판에 감동했다.

조카 희성이가 솜씨를 잔뜩 부려 차린 저녁 식사에 갔더니 거기에도 손으로 예쁘게 쓴 메뉴가 준비되어 있었다. 음식을 먹기도 전에 특별한 대접을 받는 기분이었다.

정성이란 그런 것이다. 남을 대접하는 게 복잡하고 힘들 필요는 없다. 아주 작은 정성으로도 사람을 감동시킬 수 있다. 손님들이 떠날 때 여분으로 만든 스콘이나 집에서 만든 잼, 그라놀라 같은 것을 넣은 작은 선물 주머니를 주는 것도 손님을 기분 좋게 하는 방법이다.

다섯 부부
코스요리 초대

2021년 연말 모임에 다섯 부부를 초대했는데 오랜만에 제대로 된 코스요리를 하려니 살짝 걱정도 됐지만 한편 재미있을 것 같았다.

전채로는 리코타 치즈 소스에 찍어 먹는 납작 빵과 새우 세비체 Ceviche. 세비체는 페루 사람들의 전채요리로 보통 싱싱한 생새우나 날생선을 레몬이나 라임즙에 절여 산acid 성분에 익힌다. 생새우를 사용하는 게 걱정되면 끓는 물에 살짝 익히는 것도 방법이지만 과일로 익히는 게 좀 더 맛있다. 만들기도 간단하고 미리 해놓을 수 있어서 택했다. 그래도 시간이 지나면 맛이 변하고 아보카도가 잘 뭉개지므로 손님이 오기 한두 시간 전에 먹을 만큼만 만드는 게 좋다. 옥수수 칩(토르티야)을 곁들여 내놓는다.

주요리는 양념 닭과 연어장. 닭 요리는 미리 만들었다가 오븐에 살짝 데우면 되고, 연어장도 소스를 미리 만들기에 금방 내놓을 수 있다.

디저트는 손님이 사온 초콜릿 케이크. 새 음식을 내놓을 때 잠시 말고는 내가 부엌에 서 있을 필요가 없었다. 안주인이 부엌에서 동동거리지 않아야 손님들이 편히 즐길 수 있고 나도 다음 초대를 겁내지 않게 된다.

사람이 많건 적건 음식보다 중요한 것은 누구와 같이 먹는가이다. 반가운 사람들이 만나면 음식은 뒷전이 되기도 한다. 좋은 사람들과 함께하면 디저트 한 가지만 가지고도, 커피만 맛있어도 한 끼 잘 먹은 기분이 들 수 있다.

메뉴

전채: 리코타 치즈 소스와 납작 빵, 새우 세비체
주요리: 양념 닭과 연어장
후식: 케이크와 차

만들기

° 새우 세비체

재료: 새우 500g, 라임 3개 또는 레몬 2개, 토마토 1개. 자색양파 1/2개, 오이 1개, 아보카도 1개, 고수, 청양고추 1~2개, 소금, 후추, 설탕

❶ 새우는 꼬리를 떼고 4~5등분으로 자른 후 라임즙에 30분 정도 절인다.

❷ 토마토, 양파, 고수, 청양고추를 비슷한 크기로 깍둑썰기해 새우와 섞고 냉장고에 넣어 30분 더 절인다. 소금과 후추로 간을 하고 신맛이 강하면 설탕이나 매실액을 살짝 넣는다.

❸ 마지막으로 깍둑썰기한 오이와 아보카도를 넣어 잘 섞는다.

※ 고수, 오이, 고추, 아보카도는 기호에 따라 많이 넣어도 상관없다. 크기를 비슷하게 자르면 간 맞추기도 쉽고 보기에도 예쁘다.

° 연어장

재료: 연어, 양파, 무순, 말린 가다랑어,
간장, 정종, 설탕, 식초, 고추냉이

❶ 연어는 소금에 30분 정도 절였다가 얼음물에 몇 번 씻어낸다. 물기를 빼고 종이 타월로 싸두었다가 손님을 맞기 30분쯤 전에 얇게 썰어 냉장고에 둔다.

❷ 밥을 고슬고슬하게 지어 초밥 양념으로 간을 한다.

❸ 양파는 가늘게 썰어 찬물에 담가 매운맛을 뺀다. 무순도 씻어 놓는다.

❹ 양념장: 간장과 정종을 3:1로 섞은 것에 설탕을 조금 넣고 끓인다. 말린 가다랑어(가쓰오부시)를 넣고 1분 후에 불을 끈다. 식혀

서 체에 거른다.

❺ 그릇에 밥을 담고 연어, 양파, 무순을 예쁘게 올리고 양념장을 살
짝 뿌린다. 남은 양념장과 고추냉이(와사비)를 곁들여 낸다.

그냥 생긴 대로
삽니다

　　　　ㅇ

　출근한 남편에게서 전화가 왔다. 대학 1년 선배가 집에 올 건데 일단 맞아달라는 얘기였다. 그 선배는 결혼 전에 한두 번 만난 적이 있지만 로스앤젤레스로 옮겨간 이후론 보지 못했다.

　초인종이 울려 아이를 한 손에 안고 문을 여니 선배와 그의 어머니였는데 커다란 이민가방과 작은 가방들을 들고 서 계시는 게 아닌가? 영문도 모르고 일단 어서 오시라며 맞이했다. 알고 보니 어머니에게 사정이 생겨 갑자기 두 분이서 집을 떠나실 수밖에 없으셨다고 한다.

　그날부터 선배와 어머니는 우리 집 응접실 한쪽에 이부자리를 펴고 지내게 되었다. 집은 컸지만 한 층은 세를 주었고 나머지는 너무 낡아 고쳐야만 해서 손님방이 따로 없었다.

나보다 더 황당해하신 건 시어른들이었다. 남의 어머니를 모시고 산다니, 당신들도 안 시키는 시집살이를 하는 듯해 조금 불편하셨던 것 같았다. 그런데 나와 남편은 다른 방법이 있다는 생각을 하지 못했다. 덥석 오시라고 한 남편이나, 남편이 그러자고 했으니 그 방법밖에 없는 줄 알았던 나나 똑같았다. 결혼만 했지 아무것도 몰랐던 스물여섯 어린 나이였기에 가능했던 일인지도 모른다. 선배의 어머니는 몇 달 계시면서 큰애도 봐주시고 가끔 음식도 해주셨다. 떠나실 때는 좀 우셨던 것도 같다. 거의 35년 전의 일이다.

사실 우리 부모님 세대에는 이런 일들이 비일비재했을 것이다. 6·25전쟁 중에는 그냥 아무 집이나 머리 들이밀고 같이 사는 경우도 적지 않았다고 했다. 내가 태어나기 전, 우리 부모님은 성북동 어느 집에 전세로 살았는데 7개월 만에 집주인이 사정이 생겼다며 온 식구를 데리고 나타나 할 수 없이 같이 살았다는 웃지 못할 이야기도 있다.

사과 반쪽도 나누어 먹던 가난한 시절, 사람이 사람을 믿던 시절에는 그런 일이 흔했는데 모든 것이 풍요로워진 요즘은 오히려 서로 경계하며 야박하게 사는 것 같다.

태생이 애늙은이 같은 우리 딸은 가끔 아날로그 세상에서 자란 엄마가 부럽다고 이야기한다. 컴퓨터를 전공하고 AI 분야 사업을 창업한 아이가 할 말은 아닌데 말이다. 이 아이는 최첨단 시대 젊은이답지 않게 책장을 넘기는 맛에 전자책 대신 종이책을 읽는다. 친할머니, 외할머니가 지니셨던 유행에 뒤처진 액세서리를 하고, 할머니들의 옷을 입는 걸 아주 좋아한다.

우리 딸 말마따나 나는 가난하고 열악했으나 정과 낭만이 넘쳤던 아날로그 시대에 자라나 행운이라고 생각한다. 흙장난, 소꿉장난에 시간 가는 줄 몰랐던 유년기, 학교에서 돌아오면 가방을 던져놓고 어두워질 때까지 친구들과 골목에서 뛰어놀던 행복한 추억이 있다. 깡통을 들고 집집이 밥 동냥 다니는 거지도 보았고, 구멍 난 신발을 신고 점심을 굶는 가난한 친구가 적지 않았던 세상도 살아보았다. 오랫동안 푸세식 화장실도 사용했고 콩나물시루 같은 만원 버스도 타고 다녔다.

대신 우리는 전쟁도 겪지 않았고, 사람이 달나라에 가는 것을 목격했으며, 언젠가는 우주여행도 할 수 있는 풍요한 시대를 살고 있다. 그리고 이렇게 발전한 시대를 사는 만큼 모든 것에 감사할 줄 안다. 수도꼭지만 틀면 나오는 더운물이 고맙고 연탄을 때지 않는 난방시설이 놀랍고 수세식 화장실에 감사한다.

풍요가 가져온 편리함을 당연하게 받아들이지 않는 건 궁핍

했던 시절을 알기 때문이다. 지금 내가 누리는 모든 게 당연하지 않다는 걸 아는 까닭이다.

그런데 현실을 생각하면 마냥 아날로그 시대의 정서로만 살 수는 없다는 생각도 든다. 부동산 투자가 직업이라 공사를 해야 하는 경우가 가끔 있는데 사람을 잘 믿다 보니 여러 차례 작은 사기를 당했다. 돈을 받고 중간에 잠적한 사람이 있고 계약 사항을 터무니없이 안 지키는 경우도 겪었다.

"아! 우린 왜 이렇게 사람을 믿었을까? 그렇게 당하고도 배우는 게 없을까?"

이렇게 실망한 적이 한두 번이 아니다. 사실은 돈보다 어떤 때는 사람에 대한 실망과 나에 대한 회의로 더 견디기 힘들었다. 왜 믿고 돈을 줬을까 하며 밤새 속상해하며 불면의 밤을 보냈다.

그러다 언젠가 아주 크게 사기를 당했다. 집에 자주 드나들며 우리 아이들에게 맛있는 음식도 해주고, 아이들도 아저씨, 아저씨 하며 따르던 그리스 친구가 7년 동안 우리에게 소개해준 사람들에게 뒷돈을 받아 챙겼다는 엄청난 사실을 알게 되었다. 금전적 손해보다도 인간에 대한 실망감이 몇 배나 컸다.

분하고 억울해하는 나에게 남편이 이런 말을 했다.

"어차피 이 세상의 모든 나쁜 사람들도 알고 보면 하나님의 자녀잖아. 누군가 그들을 먹여 살려야 한다면 굳이 우리가 못할 것도 없지."

뭐 이런 궤변이 있나? 그런데 곰곰 생각하니 그 말이 위안이 되었다. 어차피 내게 주신 모든 재물이 내 것이 아닌 바에야 손해 보는 분은 하나님이지 내가 아니다. 사실 남에게 돈을 꾸는 사람과 꿔주는 사람 중에 어떤 사람으로 살 것인가, 사기 치는 사람과 사기당하는 사람 중에 어떤 사람으로 살고 싶은가 물으면 금세 답이 나온다. 돈을 꾸어주고, 사기를 당하는 편이 백 배 낫다. 그래서 우리는 오래전에 결정했다.

"Stick to your guns!"(그냥 우리 생긴 대로 삽시다!)

그동안 우리 식대로 살다가 잃은 것도 있지만, 대신 40년 가까이 함께 일하는 좋은 사업 파트너들도 얻었다. 손익계산을 해보면 이익이 훨씬 크다. 세상에는 믿을 만한 사람이 믿을 수 없는 사람보다 많다.

사람 관계도
정원 가꾸기와
비슷해요

○

언젠가 딸아이가 물었다.

"엄마는 언제가 제일 행복해?"

행복하다는 건 좀 거창한 표현인지 몰라도, 좋아하는 일을 할 때는 시간 가는 줄 모르니까 그렇게 치면 정원 가꿀 때, 그림 그릴 때 행복한 것 같다. 일단 잡념이 없어져 좋은데 손님 초대로 음식을 하고 집 안을 치울 때도 마찬가지이다. 시간이 굉장히 빨리 간다.

바닷가에 집을 짓고 살기 전, 남편은 정원 일에 아무 관심이 없었다. 내가 마당에서 일하는 것조차 좋아하지 않았다. 밖에서 일하는 동안은 끼니때가 되는 것도 모르곤 했기 때문이었다. 그런데 어느 날 남편이 마당에서 잡초를 뽑다가 그만 정이

들고 말았다. 워낙 말끔히 치우는 걸 좋아하는 성격이라 잡초를 뽑으면 정원이 깨끗해지니까 마음에 들 수밖에 없었나 보다. 아직 나만큼은 잡초와 꽃을 구분하지 못해 가끔 내 어린 화초를 왕창 뽑아 버리는 수도 있지만, 꽤 넓은 마당을 남편 도움 없이 가꾸는 건 엄청나게 힘든 일일 것이다.

정원에서 일하다 보면 아버지가 우리 어릴 때 쓰신 수필의 한 구절이 생각난다.

"나는 딸들이 나의 뜰에서 튼튼하게 자라서 토양 좋은 다른 밭으로 이식되기를 바란다. 그런 의미에서 정원사 공부를 해야겠다."

우리도 자식을 기르는 마음으로 8년째 정원 구석구석 씨를 뿌리고 나무를 심고 자라나는 생명을 돌보고 있다.

어느 날, 오래전에 씨 뿌려놓은 도라지가 꽃을 피운 것을 발견했을 때의 반가움과 신통함은 말로 표현하기 어려웠다.

그렇다고 정원 일이 큰 수확이나 결실을 가져다주는 건 아니다. 그저 그 과정이 즐거운 것이다. 하찮아 보이는 것에서 터나온 생명이 커가는 것을 보면서, 같은 꽃이라도 내 손으로 키운 꽃에 무한한 애정을 갖게 된다. 어린 왕자의 눈에는 지구에 핀 오천 송이의 장미보다 자기 별의 장미 한 송이가 더 소중했

능금나무꽃, Crap apple blossom, 50×40cm, Watercolor, 2020

✝ 바닷가 집 정원에 아주 오래된 능금나무가 있다.
　이른 봄에 꽃 몽우리가 발갛게 되면 가지를 꺾어 실내에서
　꽃을 피운다. 그러면 두 주 정도 일찍 꽃을 볼 수 있다.
　활짝 핀 능금나무 꽃은 신비할 만큼 예쁘다.
　능금나무 아래 묻힌 우리 강아지 리오는 봄이면
　온몸으로 꽃 세례를 받는다.

던 것처럼 말이다.

사람과의 관계도 정원을 가꾸는 것과 비슷하다. 처음엔 별 의미 없는 사람이었지만 관심을 가지고 세심히 돌보면 결국 특별한 존재가 된다. 그래서 우리는 식사 초대만 하는 게 아니라 많은 사람을 집에 재운다. 우리의 가족이나 친구뿐 아니라, 자매들의 친구, 조카의 친구들까지도 잘 곳이 필요하다면 기꺼이 잠자리를 제공한다.

심지어 우리가 집에 없을 때도 방을 내준다. 경제 형편이 안 좋은데 호텔비를 쓰게 하느니 소박한 방이지만 우리 집에서 재워주면 좋겠다고 생각해서다. 어차피 내가 가진 게 내 것이 아니고 하나님이 주신 것이니, 나누어 쓰면 좋다고 여긴다.

그간 하도 많은 사람이 자고 가다 보니 머물고 간 사람은 우리를 기억하는데 우리가 기억하지 못하는 경우도 있었다. 몇 년 전 파리에 거처를 마련하고 우리가 자주 가게 되니까 막냇동생이 제 친구 윤희 얘기를 했다. 언젠가 우리 집에서 하루 묵었는데 회사 주재원인 남편과 파리에 산다는 것이다. 미안하게도 나는 전혀 기억나지 않았지만 우리는 윤희의 초대로 파리 외곽에 있는 윤희네 집을 방문했다.

윤희는 귀여운 개 두 마리와 예쁜 집에 살았는데 음식 솜씨가 수준급이었다. 남편을 따라 동남아시아에서도 산 적이 있어서 요리가 다양했다. 그날 우리는 성격 좋고 재밌는 윤희의 남편 진홍 씨와 정말 즐겁게 보냈다.

윤희네서 돌아오는데 마치 오래전에 들어놓고 잊어버린 적금을 탄 것 같은 기분이 들었다. 씨를 뿌려 놓고 잊어버렸던 도라지꽃을 발견했던 기쁨과 비슷했다. 씨를 뿌릴 때는 별로 수고한다는 생각이 들지 않는다. 그래서 꽃이 피지 않아도 크게 실망하지 않는다. 그렇게 지내다 어느 날 새싹이나 꽃이 핀 것을 발견하면 보화를 얻은 듯 기쁘다. 나는 적은 수고를 했을 뿐인데 수십 배 큰 선물을 받은 것 같다.

윤희네와 우리는 그렇게 서로 특별한 관계가 되었다. 생각지 않게 얻은 귀한 인연이다. 윤희네는 임기를 마치고 이제 서울에서 산다. 팬데믹이 끝나고 서울에 가면 밥이라도 한 끼 사 주고 와야겠다.

저도 사람들을
거두고 먹이겠습니다

○

1991년에 뉴저지로 이사하고 다음 해부터 집 근처의 뉴저지 연합장로교회에 다녔다.

20년쯤 후인 2010년경 우리는 청년부를 섬기며 한 달에 한 번씩 학생들에게 저녁 식사와 친교 자리를 제공했다. 열 명에서 많게는 스무 명 가까이 유학생들이 모였는데, 그날 몇 명이 모이는지 미리 알기는 어려웠다. 자연히 음식 남기는 걸 싫어하는 내가 양 조절을 못 해서 음식이 거의 동날 때도 있었다. 그래서 "송 집사님 댁에서 먹을 때는 절대 늦으면 안 된다"는 소문도 돌았다.

그러던 어느 날 전도사님의 간곡한 부탁을 받았다. 대학부 회장 호석 씨가 집세를 감당할 수 없어서 새로이 있을 곳을 찾는데 집에 남는 방이 있으면 한 달 정도만 묵게 해줄 수 있냐는 것이었다. 당시 딸아이가 고등학생이어서 시댁에서 조금 걱정하셨지만, 갈데없는 유학생이 딱해서 일단 그렇게 하기로 했다.

처음엔 아무 생각 없이 방만 제공하면 되나 싶었는데 막상 같이 살게 되니 본의 아니게 하숙집 아줌마가 되었다. 손님이 있으니까 메뉴도 평소같이 부실하게 할 수 없었는데 그 덕에 남편과 아이들이 아주 조금 잘 먹을 수 있었다.

다행히 호석 씨는 한식을 잘 안 먹는 우리 식단에 적응했다. 우리는 파스타나 타코 같은, 애들이 좋아하는 음식을 자주 먹었는데 먹성 좋은 호석 씨는 다 맛있게 먹어주었다. 그러자 어느 날부터는 호석 씨를 식구로 착각하게 되었다.

한 달 예정이던 게 넉 달이 넘어가고, 정이 흠뻑 든 뒤에 호석 씨는 일단 서울로 돌아갔다. 미국에서 물리치료사가 되는 게 꿈이었던 이 친구는 서울에서 몇 년 더 공부한 후 자격시험을 치르러 미국에 다시 왔다. 전에 살던 그 방이 공부가 잘된다며 우리를 찾아왔고 그렇게 열흘 동안 열심히 준비한 덕에 무사히 합격했다. 좋은 일자리도 얻어 플러싱에 있는 통증 치료원에 취직했다.

신앙심 깊은 호석 씨는 얼마나 기도를 열심히 했는지 착하고 예쁜 미경 씨를 만나 세 아이의 아빠가 되었다. 남편은 호석 씨를 보면 늘 말한다.

"저런 게 바로 아메리칸 드림이지."

거의 무일푼으로 미국에 유학 와서 열심히 일한 덕에 이제는 롱아일랜드의 좋은 동네에 예쁜 집을 사서 주말이면 잔디를 깎으며 식구들과 알콩달콩 살고 있으니 말이다.

호석 씨가 미경 씨를 인사시키려고 집에 데리고 왔을 때 우리는 마치 아들이 여자친구를 데리고 온 것처럼 기뻤다. 게다가 왜 그렇게 예쁘고 착한지…. 그때 우리는 두 사람에게 자진해서 미국 보호자가 되어주겠노라고 했다. 양가 부모님이 서울에 계셔서 참석하지 못한 결혼식 피로연에서는 정말 우리가 가족석에 앉았다. 한없이 고맙고 감동적이었던 건 호석 씨가 언젠가 준 카드에 적힌 말이었다.

"이제는 저희도 집사님같이 다른 사람들을 거두고 먹이고 싶습니다."

돌아가신 친정어머니는 평생 당신이 별로 인복이 없는 것 같다고 푸념 비슷한 말씀을 하셨다. 그 말씀 끝에 그나마 당신 자식들은 인복이 있는 것 같다 하시며 나름대로 위로를 받으셨는데 그래서인가, 나는 정말 인복이 많은 것 같다. 내가 남에게 베푼 아주 작은 일에 과분하게 고마워하니까 오히려 미안

할 정도이다.

　호석 씨는 어버이날이나 크리스마스에 정성껏 준비한 선물을 보낸다. 그런데 그것보다 좋은 것은 아이들까지 데리고 놀러 오는, 마치 친조카 같은 사이가 되었다는 점이다.

밥심으로 일궈낸
호프 교회

○

브루클린으로 다시 이사 오고 나서 우리는 교회를 찾기 시작했다. 뉴저지에서는 한인 교회에 다녔지만, 굳이 그럴 것 없이 나중에 아이들도 같이 다닐 수 있는 다문화 교회를 찾기로 마음먹었다.

그러던 어느 날 큰아들 결혼 주례를 해주신 드루 현목사님이 연락하셨다. 이민 2세인 현 목사님은 사람에게 관심이 많고 사모님도 사교적이어서 우리와 스무 살이나 차이가 나는데도 친구처럼 지낸다. 불쑥 햄버거를 같이 먹자고 하거나, 아이들과 우리 집에서 놀다가 주무시고 간 일도 있었다.

현 목사님이 잠깐 들러도 괜찮겠냐고 하셔서 다과를 준비하고 기다렸더니 젊은 목사님을 모시고 오셨다. 현 목사님이 시작한 독립 교단인 호프 교회Hope Church를 브루클린에도 개척하기 위해 교회 건물을 보러 다니신다고 했다. 같이 오신 러셀 조이스 목사님은 교단이 달랐으나 그 교단에서 재정지원을 해주는 것 같았다.

복음이 전파되기만 한다면 동역하는 데 조건을 붙이지 않고, 간섭하거나 권리를 주장하지 않는다는 게 좋아 보여 우리도 무엇이든 돕고 싶었다. 개척교회에 대해 잘 몰라 궁금한 마음에 어떻게 시작하는지 물어보았다.

"아, 보통은 가정집에 모여 그야말로 성경에 나온 말씀대로 '떡을 떼며' 시작합니다."

그 말에 자동으로 내 손이 번쩍 올라갔다.

"밥 먹이는 거면 우리가 할 수 있어요!"

그렇게 우리 집에서 개척교회가 시작되었다. 우리는 한 달에 한 번씩 식사 대접을 하기로 했는데 관심 있는 사람들이 하나둘 모여들었다. 교인이 스무 명이 넘자 동네의 노숙자 교회 지하를 빌려 모였다. 그렇게 작게 시작한 교회가 3~4년 만에 교인 수 300명이 넘는 교회로 성장했다.

처음 봤을 때 러셀 조이스 목사님의 나이가 스물일곱이었는데 그 때문인지 교인 평균 나이가 한 서른이나 되나 싶게 젊었다. 부모뻘도 넘는 우리는 거기서 전혀 어울리지 않게 튀었다. 한번은 우리 나이쯤 되는 분들이 오셔서 좋아했더니 웬걸, 전도사님 부모님이었다.

그래도 우리가 겉돌지 않고 적당히 어울릴 수 있었던 건 교회 시작부터 1년 동안 새 신자를 위한 식사를 차렸기 때문이리라. 보통 열에서 열다섯 명 정도 모였는데, 우리는 교인을 일일이 기억하지 못해도 음식을 먹고 간 사람들은 우리를 잘 기억했다. 그래서 교회에 가면 많은 이가 말을 걸어와 우리만 나이 들었다는 느낌을 받지 않아도 되었다. 선교는 감히 내 영역이 아니지만, 밥은 할 수 있다는 게 얼마나 기뻤는지 모른다.

호프 교회는 뉴욕의 인구 분포와 비슷하게 다양한 인종이 섞여 있는 다문화 교회로, 한인 2세 젊은 부부도 몇 있다. 그중에서도 우리 구역의 구역장 비슷한 직분을 맡은 그레이스와 조나단 부부는 우리 아이들 또래인데도 아주 친해졌다.

처음 만났을 때, 방 하나짜리 조그만 아파트에 사는 젊은 부부가 금요일마다 열 명이 넘는 구역 식구들을 불러 저녁 대접을 하는 걸 보고는 내심 기특해했다. 알고 보니 그레이스의 아버님은 한인 교회를 섬기셨던 목사님이고, 남편 조나단은 신앙 좋은 중국 교포 청년이다.

그레이스네 집은 마침 우리 집에서 걸어서 5분도 안 되는 거리에 있었다. 그들을 처음 우리 집에 초대했을 때 얼마나 재미있게 대화했는지 시간 가는 줄 몰랐다. 이후 이 부부는 그냥 아무 일 없이 들러서 차도 마시고 아침도 같이 먹고 한다. 한번은 우리가 여행 갈 때 강아지 리오를 며칠간 맡아주었다. 여행에서 돌아오는 길에 맛있는 버터를 사다주었더니 좋아했다.

나이 차이 30년을 무시하면 우린 그냥 친구이다.

가끔은 뜬금없이 이런 생각을 한다. 만일 우리가 서로 존대하는 사이였다면 지금처럼 지낼 수 있었을까? 아무래도 거리감이 있었을 것 같다. 우리 문화는 존칭 때문인지 나이 든 사람이 젊은 사람과 친구같이 지낸다는 게 낯설게 느껴지는 것 같다. 우리말이 서툰 한인 2세들, 조카와 친구의 아이들과 어쩔 수 없이 영어로 소통해야 하는 게 세대 차이를 조금 덜 느끼게 하는지도 모르겠다.

어쨌거나 젊은이들이 나이 지긋한 우리 부부와 어울려준다는 게 내심 고마울 따름이다. 그 보답으로 지갑은 부지런히 열어야 하겠지만….

태평양을 넘나드는
옹기장이 선교단과의 인연

○

우리가 뉴저지 몬트클레어에 살 때 옹기장이 선교단이 우리 교회에서 찬양 집회를 열었다. 1987년에 한국에서 창단된 옹기장이 선교단은 20대 초반에서 30대 중반의 청년들이 주 멤버이다. 이들은 거의 자기 돈을 들여 찬양 순회공연을 한다.

우리는 가끔 교회 집회에 오시는 강사님들에게 식사 대접을 했는데, 옹기장이 선교단과의 첫만남도 그렇게 이루어졌다. 2010년에 처음 우리 집에 식사 초대를 한 이후 10년 넘게 인연을 맺어오고 있다.

이들은 2011년에 다시 미국 동부 투어를 왔는데 남자 넷 여자 넷이라 일단 여자들만 우리 집에 묵고 남자들은 다른 가정으로 가게 되었다. 그런데 숙소가 떨어져 있으니 연습하기가 여간 불편한 게 아니었다. 차로 30분 거리여서 시간 낭비도 많았으며, 매번 데려다주고 데려오는 것 역시 불편했다. 그래서 남자들을 우리 집 지하실에 침낭을 깔고 재우자는 제안을 했다.

그렇게 해서 여덟 명이 두 주 동안 우리 집에서 합숙하게 되었다. 처음엔 불편할 것 같았는데 웬걸, 생각보다 좋은 점이 많았다. 환상적인 화음의 아카펠라 찬양을 늘 라이브로 듣는다는 점, 식사 때마다 받는 축복 기도, 또 제각기 다른 인생 이야기를 들으며 정까지 쌓아가는 일들이 그랬다. 이후 이들은 찬양 집회에 올 때마다 우리 집에서 짧을 때는 열흘에서 길게는 두 주씩 부대끼며 지냈다.

옹기장이는 해마다 참여하는 이들도 한둘 있지만 대개 번갈아가며 활동한다. 그도 그럴 것이, 직업이 있는 청년들이 매해 일을 쉬고 자기 돈을 들여 참여한다는 게 쉬운 일이 아니기 때문이다.

새 대원들과도 여러 날 같이 지내면 곧 한 식구처럼 친숙해졌다. 함께하면서 단원들의 식성도 알게 되어 그들이 좋아하는 메뉴를 준비하는데 아침 식사에는 딸기 스콘을, 저녁에 한 번은 꼭 라쟈냐를 먹여 보낸다.

이렇게 여러 해 만나다 보니 우리가 서울에 가면 그동안 거쳐간 많은 친구가 한곳에 모인다. 그때는 어떤 동창 모임 부럽지 않게 서로 반긴다.

옹기장이 선교단이 2013년에 방문했을 때, 나는 그들을 무작정 브루클린 태버너클Brooklyn Tabernacle 교회 화요 찬양 집회에 연결했다. 옹기장이 찬양단이 웬만해선 초청받을 수 없다는 그 무대에서 3,000명 관중 앞에 섰을 때 우리 부부는 마치 내 자식들이 무대에 올라간 것처럼 가슴이 두근대고 벅찼다.

옹기장이 선교단은 그날 우레 같은 박수와 앙코르 요청을 받았다. 이들은 하나님을 향한 사랑과 복음을 전하겠다는 열정으로 노래하기에 특별한 감동을 준다.

팬데믹의 여파로 옹기장이 선교단의 순회공연도 멈췄다. 오래 못 봤는데 모두 잘 지내는지 궁금하다.

옹기장이 활동을 한 방송국 프로듀서 정현 씨 덕에 우리는 서울 방문 때 SNL 녹화방송을 구경할 수 있었다. 처음엔 총각으로 왔다가 이듬해 결혼해서 신혼여행 대신 찬양 집회에 왔던 기현 씨와 지혜 씨는 이제 아이가 셋이다. 여성용 비타민을 싸들고 나타난 은현 씨, 캐나다로 시집간 소프라노 은혜 씨, 눈앞에서 연애하다 들킨 보현 씨와 한나 씨도 지금은 부부가 됐다. 훈제연어를 좋아하던 윤주 씨는 아직 호주에 사는지 궁금하다.

거기에 매년 빠지지 않고 팀을 이끈 아웅 씨, 왜 코미디언이 되지 않고 일반인으로 사는지 궁금한 남웅 씨까지….

이들이 보고 싶을 땐 유튜브에서 옹기장이의 노래를 듣는다. 다행히 브루클린 태버너클 교회 공연 영상도 있어서 그때의 감동을 다시 받곤 한다.

우리는 이들을 통해 얻은 게 참 많다. 하나님을 향한 순수한 사랑과 열정에 감동했고 그들의 헌신적인 생활을 보며 우리 삶을 돌아보곤 했다. 참 고마운 젊은이들이다.

밥값 놓고
싸우지 맙시다

○

　남편과 내가 가끔 하는 상상이 있다.

　'내 외사촌 석향 언니와 남편의 외사촌 효순 언니가 같이 식사하면 계산은 누가 할까?'

　아무리 생각해도 결론은 나지 않는다. 두 분의 성향이 막상막하이기 때문이다.

　남편도 나처럼 식구 많은 집에서 자랐다. 내가 처음 서울의 시외삼촌 댁에 인사드리러 간 날은 외숙모 생신이었는데 집 안 가득 손님이 계셨다. 작은 마당에 늘어선 장독대 앞에서 식구들이 세 줄 네 줄로 서서 가족사진을 찍었다.

　남편의 외사촌 누님 효순 언니는 무슨 영문인지 나를 처음 본 순간부터 아주 예뻐하셨다. 그래서 나도 시누이를 언니라고 부르며 따랐다. 언니는 40년이 다 된 지금도 우리 올케, 우리 올케 하시며 나를 챙기신다.

결혼 전 파리로 말린 문어를 부쳐주신 것을 시작으로, 요즘도 철철이 떨어뜨리지 않고 귀한 음식을 다른 선물들과 함께 보내주신다. 이제 그만하시라고 해도 막무가내이다.

서울에 갈 때마다 밥을 사주시는데 커피 한 잔이라도 내가 사면 너무 속상해서 화를 내실 기세였다. 아이들에게는 쳐다보는 것마다 다 사주셔서 우리 아이들이 물건들을 안 쳐다보려고 조심했다는 말까지 한다. 아이들은 효순 언니를 '뭐든지 다 사주시는 고모'라고 부른다.

내 외사촌 석향 언니도 만만치 않다. 한번은 언니와 식당에 갔는데 그간 하도 얻어먹기만 해서 이번에는 반드시 내가 계산하리라 다짐했다. 먹는 내내 음식이 어디로 들어가는지도 모르게 계산대를 힐끔거리면서 언니보다 먼저 밥값을 내려고 별렀다.

그러나 작전 실패였다. 언니한테 덜미를 잡혀 실랑이 끝에 또 언니가 내버렸다.

결국 언니가 미국에 놀러 왔을 때 미국 사정에 나보다 둔할 수밖에 없는 언니를 따돌릴 수 있었다. 언니가 고른 핸드백 값을 재빠르게 계산했는데 점원이 우리가 싸우는 줄 알았을 것이다. 부산 사투리로 마구 화를 내는 언니의 억양이 매우 거셌으니 말이다.

나보다 두 살 위인 언니는 부산에 사시던 큰외삼촌의 딸이다. 우리 가족은 어릴 때 해운대로 가족 피서를 가곤 했는데 늘 외숙모가 맛있는 주먹밥에 반찬을 바리바리 싸 들고 숙소에 오셨다. 누구에게나 후하고 베풀기 좋아하시던 외삼촌과 외숙모를 꼭 닮아서 석향 언니도 베푸는 데는 세상에서 둘째가라면 서럽다.

요즘은 서울에서 집밥을 대접받는 일이 드문데 효순 언니와 석향 언니는 집에서 음식을 해먹이는, 요즘 보기 드문 화석문화를 가지고 있는 것도 닮았다. 단점은 자기들은 한없이 베풀면서 남의 호의는 한사코 거절하는 것인데 그것도 어쩜 그렇게 똑같은지….

석향 언니는 늘 상다리가 부러질 정도로 음식을 차렸다. 그러고도 차린 게 없지만 많이 먹으라고 했다. 제철이 아니어서 값이 유난히 비싼 과일을 자기들은 노상 먹는다며 내 앞으로 밀어놓았다.

"니 다 묵으라."

코로나19가 좀 잠잠해져 하와이 마우이섬으로 여행을 떠났다. 코로나19 청정지역이라 복잡한 절차를 거쳐야 갈 수 있지만 불평을 참고 도착한 하와이는 기막힌 날씨를 선사했다.

리조트에서 요가를 하기 위해 우산처럼 생긴 커다란 나무 밑을 찾았다. 아름다운 잎이 둥그렇게 퍼졌고 그 아래는 잔 이파리들이 없어서 마치 우산을 펴놓은 것 같다. 나무 아래로 풍성한 그늘이 생긴다. 반얀나무Banyan Tree란다.

하와이는 그늘에만 들어가도 무척 시원해 훌라춤도, 요가도, 필라테스도 이 나무 밑에서 했다. 새들도 동이 트면 반얀나무 밑에서 쉬다가 해 질 무렵 한꺼번에 다 같이 날아간다고 했다. 그 모습이 얼마나 아름다울까.

반얀나무는 언제나 그 자리에 서 있지만 사람이든 새든 쉴 곳이 필요할 때 그곳으로 찾아든다. 우리도 반얀나무처럼 사람들에게 휴식처가 될 수 있을까?

반얀나무, Banyan tree, 71×56cm, Oil on canvas, 2021

✝ 처음 보는 순간 "여기서 쉬어가세요" 하고
부르는 것 같았던 반얀나무.
나도 이 나무처럼 누군가에게 편하고 아늑한
휴식처가 되면 좋겠다.

3장

° 제기동의
  작은 아씨들

제기동 그 골목에는
어머니가 계시다

○

내가 왜 이렇게 사람 대접하는 걸 좋아하게 되었나 곰곰 되짚다 이게 외할머니의 유전자로부터 내려온 게 아닌가 하는 생각이 들었다. 어릴 때 나는 외할머니를 그리 좋아하지 않았다. 내가 할머니가 되고 보니 그건 무척 슬픈 일이다. 눈에 넣어도 안 아플 내 두 손자가 나를 좋아하지 않는다면 굉장히 슬플 것 같으니 말이다.

우리 외할머니는 손주들을 살갑게 대하지 않으셨다. 남녀 차별도 심하셔서 세뱃돈도 공공연히 남자 사촌들에게 더 많이 주셨다. 그런데도 어머니는 늘 외할머니를 칭찬하셨다. 내 기억에는 희미하나, 주변의 불쌍한 사람을 많이 도와주셨다는 것이다.

"뒷집의 고약한 아주머니가 오래 데리고 있던 식모의 밀린 월급을 한 푼도 안 주고 맨몸으로 시집보내려 했단다. 그걸 아신 외할머니께서 자신의 한복감으로 옷을 해주고 새 버선까지 내어주셨지. 또 허기진 채 배달 온 물장수가 물 한 그릇 부탁하면 밥상까지 차려주셨는데 그야말로 그릇들을 싹싹 비워서 물장수 상을 만들었단다."

뭐 그런 미담들이었는데 외할머니를 좋아하지 않아서 그냥 흘려들었다.

그런데 외할머니를 보고 자라서인지 우리 어머니도 늘 눈에 보이는 사람들을 거둬 먹이셨다. 아버지 직업 때문에도 그랬지만, 그게 아니라도 어머니는 사람들을 챙기셨을 게 틀림없다. 옛말에 욕하면서 닮는다고 하는데 좋은 의미에서 외할머니의 유전자가 어머니를 거쳐 내게 온 게 아닌가 싶다.

내가 아기 때 이사를 가 부모님이 35년 동안 사신 제기동 집은 시장 옆 골목 끝에 있었다. 지금 가봐도 정말 슬플 만큼, 1970~1980년대쯤에서 거의 한 발자국도 발전하지 않은 낙후된 골목이다.

우리 집은 동네 사람 누구나 손을 넣어 빗장을 풀 수 있는 낮은 나무 대문 집이었다. 그나마도 낮에는 빗장이 잠겨 있지 않아서 사람들은 밤낮없이 자기 집처럼 들어왔다. 꼬질꼬질했던 골목엔 개똥이 널렸고 늘 아이들 뛰노는 소리가 들렸다. 내 생애의 가장 정겹고 따뜻한 추억이 그 골목에 있다.

어머니는 제기동에서 본래 살던 작은 집 자리에 새집을 올렸다. 동생들이 태어나고, 객식구도 많아졌기 때문이었다. 주먹구구로 설계한 새집은 방만 많아서 약간 여관 같았다. 부모님과 우리 여섯 자매, 외사촌 언니와 외할머니까지 열 명이 기본 식구였고, 가사 도우미들과 상주하는 객식구 두셋 등 최소 열다섯 명 정도가 함께 살았다. 사정에 따라 또 다른 사촌들, 우리 자매의 친구들까지 있다 가기도 했다.

오죽하면 큰언니가 대학 졸업 후 처음 긴 여행을 떠나 부모님께 보낸 편지에, 우리도 이젠 식구끼리만 한 끼라도 먹어보자고 썼을까. 그래서 어머니는 부엌 한쪽에 식구들만 앉을 수 있는 식탁을 들여놓으셨다. 그게 내가 열두어 살쯤 되었을 때인가 보다.

어머니가 집안 사정으로 거둘 수밖에 없게 된 친정 조카인 외사촌 언니는 열두 살 때 와서 대학을 마치고 시집갈 때까지 우리와 자매로 살았다. 내가 결혼해보니 처조카를 품어주신 우리 아버지가 정말 좋은 분이었구나 싶다.

새집을 짓기 전에는 방이 두 개밖에 없어서 우리는 작은 방에서 마치 꽁치 통조림 속의 꽁치같이 쪼르르 붙어서 잤지만 나는 그런 게 다 좋았다. 커다란 양푼에 한가득 밥을 비벼 숟가락을 들고 경쟁하듯 먹었던 기억, 불 끄고 누워 언니 동생들이랑 노닥거리던 것, 밤새 안 자고 떠들다가 엄마한테 혼나던 일…. 새집을 짓고 나서도 결혼할 때까지 한 번도 독방을 써보지 못했지만 서운한 적이 없었다. 식구들이 몸을 부딪치며 살았던 그때 나는 더없이 행복했다.

어린 시절 추억 중에는 어머니가 사람들을 거둬 먹이시던 풍경이 참 많다. 사람들을 볼 때마다 어머니의 인사는 늘 식사했냐는 것이었고, 하루에도 여러 차례 밥상이 차려졌다.

설날이 되면 큰 잔치가 벌어졌다. 우리 집에서 살다 간 젊은 이들까지 전부 다 세배한다며 돌아오는 날이기 때문이었다. 요즘 말로 하면 인턴, 즉 정치 지망생들이었다. 우리가 아저씨라고 불렀던 이분들은 대개 아버지의 학교 후배였는데 나중에 국회의원이 된 분도 여럿 있었다.

공식적으로는 아무도 초대하지 않았지만 어머니는 으레 음식을 준비하셨고, 명절에 우리 집에서 밥 먹는 게 당연하다는 듯, 인턴들뿐 아니라 많은 사람이 하루 종일 들이닥쳤다. 부엌에선 계속 치지직, 전 부치는 소리가 들렸다. 인턴들이 쓰는 두

우리 엄마, Mother, 30×30cm, Pencil sketch, 2021

♯ 서른 즈음의 우리 어머니.
  내가 태어나기 3년쯤 전이라
  사진으로만 뵐 수 있는 모습이다.
  어쩜 이렇게 고우실까?

방의 미닫이를 열고 상을 차리면 사람들이 미어지게 앉아 떠들썩하게 식사를 했다.

이런 날엔 꼭 사람들이 짓궂게 아버지께 노래를 청했다. 노래 잘하기로 단연 정계에서 유명하셨던 아버지와 수줍어하시는 어머니가 함께 일어서서 노래 부르시던 모습, 박수 소리와 웃음소리, 현관 밖까지 흐트러진 수십 켤레의 정겨운 구두짝들. 모든 것이 꽁꽁 어는 정월이었지만 내 기억 속의 장면은 봄밤처럼 훈훈하다.

한 달에 쌀 한 가마를 넘게 먹었다는 어머니 말씀은 전혀 과장된 게 아니었다. 인턴들 말고도 이런저런 이유로 손님이 많이 드나들었는데 한창 배고플 나이의 장정들이니 얼마나 많이 먹었겠는가. 어쩌면 반찬이 없어서 밥을 더 많이 먹었는지도 모르지만 말이다.

우리 집을 거쳐간 아저씨들이 훗날 어머니께 식사 대접을 하곤 했는데, 아닌 게 아니라 장난기가 발동하면 이렇게 어머니를 놀리곤 했다.

"옛날에 하도 풀만 주셔서 밥상에서 메뚜기가 뛰놀았어요."

그때마다 어머니가 대답하셨다.

"그래, 그건 맞아. 그런데 우리 애들은 고기반찬 해주던가?"

그러면 모두들 입을 모아 대답했다.

"그건 아니었죠."

하도 많은 사람이 먹어야 하니 우리 집 반찬은 부실할 수밖에 없었다. 하다못해 우리 자매들의 도시락 반찬도 친구들에 비하면 창피할 정도였다. 그렇지만 어머니는 식구건 아니건 반찬 차별 같은 건 하지 않으셨다.

나 역시 수십 년 만에 만난 동네 배꼽 친구에게서 우리 집 밥상에 김치랑 콩나물밖에 없어서 내가 불쌍했다는 말을 들었다. 그래도 아주 가끔은 고기와 생선도 먹었던 것 같은데….

어머니를 떠올리면 내가 아무리 많은 사람에게 음식 대접을 한다 해도 어머니하고는 비교조차 불가능하다고 생각한다. 언젠가 우리 집에 다니러 오신 엄마가 손님이 자주 오는 것을 보고 말씀을 하셨다.

"지금이 좋은 때다. 그때는 몰랐는데 집 안에 사람이 붐빌 때가 정말 좋은 때였어. 나이 들고 힘없어지니까 사람들 발길이 끊어지더라. 지금을 감사히 여기고 열심히 해라."

어머니가 돌아가신 지 벌써 3년이 되었다. 생각하면 이런 어머니가 계셨다는 게 정말 자랑스럽다. 살아 계실 때는 왜 엄마가 내 어머니여서 감사하다고 말씀드리지 못했을까? 내게 좋은 스승이었다고 말씀드리지 못했을까? 굉장히 좋아하셨을 텐데….

너희 식구만
호의호식해선
안 된다

○

20대 초반에 무일푼으로 만나 딸 여섯을 키우신 우리 부모님의 상황은 당시 시대상을 보면 그리 특별할 것이 없는지 모른다. 다들 어려운 세상에 살았으니까. 그런데 내가 나이 들수록 부모님을 더 존경하는 이유 중 하나가 그분들이 보여주신 사람에 대한 존중 때문이다.

우리가 어렸을 때는 가사 도우미(그때는 식모라고 불렸다)가 흔했다. 우리같이 식구 많고 살림이 큰 집에는 보통 집안일을 맡은 아주머니와 잔심부름하는 나이 어린 식모가 꼭 있었다. 워낙 가난하던 시절이라 먹는 입 하나 덜자고 아이를 남의 집에 보내는 게 이상한 일이 아니었다. 내가 고등학생쯤 되니 때론 나보다 나이 어린 식모도 들어왔다.

어머니는 새로 식모 언니가 오면 늘 말씀하셨다.

"저 언니는 너희들 시중들라고 온 거 아니다. 너희 방은 너희가 치우고 언니 말 잘 들어야 한다. 너희가 저 언니와 다른 건 그저 부모 잘 만난 것뿐이다."

드물게 물건이 없어져도 잘못 간수했다면서 우리를 나무라셨다. 너무 어린 식모가 왔을 땐 일시키기 가엾다고 기술학원에 보내신 적도 있고, 한글을 모르면 배우게 하셨다. 추석이나 크리스마스 땐 보너스도 주시고, 우리 집에 오래 있다 떠나는 분들에게는 퇴직금처럼 목돈도 주어 보내셨다.

한번은 아기를 못 낳는다고 시어머니에게 쫓겨난 아주머니가 오셨는데 사정을 듣고 어머니가 동네에 방을 얻어주고 시골에 있는 남편을 불러 같이 살게 하셨다. 남편을 한국전력 검침원으로 취직시켜 주기까지 했다. 그분들은 같이 산 지 얼마 안 돼서 예쁜 딸을 낳아 현경이라고 이름 지었다.

우리 집 앞에 있던 고려대학교의 입학시험 날에는 아버지의 고교 후배 수험생들이 수십 명씩 점심을 먹고 갔다. 그날엔 동네 음식점이 모두 만원이었기에 어머니는 점심상을 차려 뜨끈한 국이랑 밥을 먹이고, 나갈 때는 반쪽짜리 사과를 하나씩 쥐어주었다. 내가 고등학생이던 어느 해, 그 남학생들 때문에 살짝 가슴이 뛰던 기억도 있다.

또 하나, 어느 날 우리 집 옆 제기시장에 서커스단이 왔던 것도 기억이 난다. 며칠 동안 공연했는데 어느 날 어머니가 서커스 단원들을 데려다가 밥을 먹이셨다. 어찌나 잘 먹고 갔던지 그분들이 떠난 뒤 '밥이라도 든든히 먹고 다니지' 하며 혀를 차시던 생각이 난다.

어머니는 정말 주위에 기댈 곳 없고 비빌 언덕 없는 사람들을 참 많이도 거두셨다. 내가 뉴저지의 제법 큰 집으로 이사 간후 이런 말씀도 하셨다.

"이렇게 좋은 집에서 너희 식구만 호의호식해선 안 된다."

그땐 그냥 흘려들었는데, 모르는 사이에 내 마음에 새기게 해주셨나 보다. 그야말로 어머니가 주신 거룩한 부담감이라고 해야 하나.

천하무적 여섯 자매,
제기동의 작은 아씨들

○

"여섯 자매 중 넷째예요."

사람들은 내가 이 말을 하면 놀라곤 했다. 요즘은 재미있겠다면서 부러워하는 눈치긴 하지만, 우리 어머니 세대에는 딸만 낳으면 죄인처럼 느낄 수밖에 없었다. 그때만 해도 가족계획 정책이 1970~80년대처럼 확산되지 않아서 아들 낳을 때까지 계속 낳는 사람이 많았다.

우리 엄마는 훗날, 딸 여섯 낳는 게 32만분의 1 확률이니 아무나 할 수 있는 게 아니라는 씁쓸한 말씀도 하셨다.

아버지는 평양 근교 용강군에서 태어나셨는데, 초등학교에 자전거를 타고 다니셨을 만큼 유복하게 자라셨다고 했다. 중학교 1학년 때 서울에 유학 와 공부하시던 아버지는 대학에 갈 때쯤 38선이 막히는 바람에 하루아침에 혈혈단신 가난한 고학생이 되셨다. 친족이 없는 아버지는 아이를 많이 갖고 싶어 하셨는데, 줄줄이 딸들이 태어나도 서운한 내색 없이 기뻐하셨다고 한다. 내가 그 모습을 볼 수는 없었지만, 아버지가 우리를 기르면서 보여주신 특별한 사랑으로 짐작할 수 있었다.

어머니는 살림살이가 빠듯한 가정에서 태어났으나 자식 교육에 남다른 열정을 가진 부모님 덕에 그 옛날에 대학 교육까지 받으셨다. 외할아버지께서 자긍심 높게 길러주셔서 어머니는 자신이 노력하면 뭐든 다 할 수 있다고 믿었다. 딸을 셋 낳기까지는 꿋꿋하게 버티셨는데 나를 낳자 어머니도 당시 세상을 지배하던 가치관 앞에 무너지셨다.

어머니가 나를 낳고 우셨다는 얘기를 듣고 내가 더 슬펐다. 내 잘못도 아닌데 부모님을 실망시키고 태어났다는 게 억울했다. 어머니를 울렸다는 게 속상했다. 아들딸 관념이 완전히 반전된 요즘, 젊은이들이 듣기에는 고려 시대 이야기 같을 것이다. 나중엔 우리 어머니도 딸 덕에 비행기 타고 여행 다니는, 어깨가 한껏 올라간 어머니가 되어 아들 부모들의 부러움을 사셨으니 말이다.

우리 자매는 정치인이었던 아버지 때문에 어려서부터 험난

한 정변을 겪었다. 언니들은 5.16 군사쿠데타가 나자 군인들이 군홧발로 우리 집에 들이닥쳐 휘젓고 가는 공포스러운 장면을 목격했다. 대문 앞은 중앙정보부 요원이 감시했고, 우리 집 전화는 당연히 도청당했다. 편지도 검열한 후 배달되는 게 많았다.

아버지는 여러 차례 중앙정보부에 끌려가 문초당하고 매를 맞으셨다. 전두환 때는 보안사에 잡혀가 52일 동안 혹독한 고문을 당하셨다. 발가벗겨놓고 무릎을 꿇린 채 심문하고, 꿇린 무릎을 헌병 세 명이 돌아가며 군홧발로 짓밟았다고 했다. 각목이 몇 개씩 부러지도록 때려서 온몸이 만신창이가 되셨다.

아버지는 그 때문에 풀려나시고 얼마 후 뇌출혈로 쓰러지셨다. 30년 군사정권 아래서 당한 일이 끔찍한 트라우마가 되었던 듯했다. 훗날 아버지가 큰 수술 후 깨어나서 하신 첫마디로 그 고통을 짐작할 수 있었다.

"여기가 중앙정보부요?"

한창 자라는 아이들이 전혀 경험할 필요가 없는 것을 우리는 일상으로 받아들이면서 아이답지 않게 철이 들었던 것 같았다. 큰언니의 말에 의하면 아버지는 박정희 정권 때 가족도 모르게 마포 형무소에 수감되셨다가 풀려난 후, 경기도 운길산에 있는 수종사로 피신해 3개월을 숨어 계셨다고 한다. 어머니가 아버

막냇동생과 나, Me and my sister, 90×60cm, Oil on canvas, 2021

☦ 바다 풍경은 매일 다르다. 하늘도 물빛도 매일 변한다.
  생동하는 아름다운 하늘과 바다가 오랫동안 내 안에
  잠자고 있던 그림에 대한 열망을 깨워주었다.
  다섯 언니의 내리사랑을 한몸에 받는 막냇동생과
  바다를 걸으며 행복했던 하루.

지의 옷가지와 먹을 것을 가져다드리느라 집에 안 계실 때가 있었는데 그때 겨우 초등학교(국민학교) 6학년이었던 큰언니는 '내가 동생들을 지켜야 한다'는 결의를 다졌다고 했다.

어찌 보면 살벌할 수 있는 환경에서도 우리가 잘 자랄 수 있었던 것은 낭만적인 아버지 덕이 크다. 어쩌다 정치에 입문하셨는지 모르지만, 아버지는 본래 문학청년이었고 음악을 몹시 사랑하셨다. 큰언니가 말을 배우자 곧 노래와 시를 가르치셨다. 당시 세 살밖에 안 된 큰언니는 소월 시를 곧잘 외웠는데 아버지는 언니를 데리고 다니며 친구들에게 자랑하셨다고 했다. 그때 이후로 많이 바빠지셨지만, 아버지는 계속해서 우리의 낭만 교사였다.

아버지는 그 옛날에는 상상할 수 없을 만큼 자유로운 사상을 가진 열린 분이기도 했다. 부모님이 셋집에서 벗어나 처음으로 성북구 삼선동에 있는 열두 평짜리 한옥의 주인이 되셨을 때 아버지는 문패에 부부의 이름을 나란히 새기셨다. 그때가 1956년이었는데 우리나라 문패 역사에서 남녀의 이름이 평등하게 새겨진 최초의 사례였을 것 같다.

아버지는 바쁘신 중에도 틈틈이 우리를 산으로 들로 데리고 다니셨다. 미니스커트가 경찰의 단속 대상이던 시절에 손수 딸들의 미니스커트를 사다주셨고, 대학에 들어가면 포장마차부터 시작해서 술집 순례도 같이해 주셨다. 예전에는 딸들의 귀가 시간을 통제하기 위해 '통행금지 시간'을 둔 집이 많았는데, 우리는 딸이 여섯이나 되는데도 그런 게 없었다. 아버지가 자식은 무조건 믿어야 한다고 생각하셨기 때문이었다.

재미있는 것은 통금이 없는데도 우리 자매들은 별로 늦게 다니지 않았다는 점이다. 다들 '집순이'라고 할 만큼 집을 좋아했다.

그래서일까, 우리 여섯 자매는 그냥 매일매일 재밌고 행복했다. 드물게 작은 다툼도 있었지만 '싸움'이라고 부를 만한 사건은 거의 없었다. 어머니도 두고두고 우리가 다투지 않고 큰 것을 대견해하셨다. 한두 번 오빠나 남동생이 있었다면 어땠을까 상상해보았으나 결론은 그때나 지금이나 여자들끼리여서 단합이 잘되고, 알콩달콩 지낸다고 굳건히 믿게 된다.

누구도 못 말리는 우리 자매들의 우애는 좋은 환경 때문에 생긴 건 아닌 것 같다. 평생 바쁘셨던 부모님 때문에 알아서 서로 의지하고 챙기지 않으면 안 되었기에 깊어진 것 같다.

새 옷보다 물려 입는 옷이 많았고, 뭐든 나눠 가져야 했다. 바람 잘 날 없는 정변을 함께 겪고, 혼자 되신 어머니의 노후를 같이 책임지면서 더욱 끈끈한 팀이 된 것 같다. 만일 우리 집에 재산이 많았다면 우리도 남들처럼 돈을 놓고 추악한 싸움을 벌였을까?

어쨌거나 이거 한 가지는 분명하다. 우리 자매의 우애는 돈으로는 절대 살 수 없다는 사실이다.

이제 위의 두 언니가 70대가 되고, 막내도 오십 후반에 들어섰을 만큼 세월이 흘렀다. 제기동의 작은 아씨들이 긴 세월을 건너 아줌마, 할머니가 되었다.

우리 자매가 안정기에 접어든 지는 얼마 안 된다. 어느 가정이나 그렇듯 우리에게도 힘든 일이 적지 않았다. 그 힘든 시간 역시 우리는 마음으로, 물질로 서로 도우며 이겨냈다. 그러면서 서로 뭉치면 천하무적이 된다는 평범한 진리를 새삼 터득했다.

한식, 양식을 가리지 않는
자매들의 음식 솜씨

○

우리 집 여섯 자매 중 몇은 음식 솜씨가 뛰어나다. 나는 중간 정도밖에 안 돼서 명함을 못 내민다. 우리는 맛있는 음식을 해 먹으면 바로 자매 단톡방에 생생한 사진과 요리법을 올리는데 가끔 놀랄 때도 있다.

워낙 음식 만들기에 관심이 있어서 결혼 전에 요리를 배우러 다닌 셋째 언니는 식사는 꼭 집에서 하시는 형부와 평생 산 덕에 아무거나 척척 해내는 재주가 있다. 언니는 한국 사람이 드문 뉴욕 북부에서 조카의 첫돌을 맞았는데 돌상에 직접 수수경 단을 만들어 올렸을 정도이다.

이 언니는 요즘 제주도에 집을 짓고 미국과 제주도를 오가 며 사는데 손님 초대도 많이 하고 양쪽 집이 비어 있을 땐 집도 잘 빌려준다.

조각가인 유학생 남편을 따라 파리에서 산 둘째 언니는 유명한 요리학교 르 코르동 블루Le Cordon Bleu에 가는 게 꿈이었다. 비록 학비가 없어서 못 갔지만, 훗날 나에게 손으로 적은 보라색 요리 노트를 물려주었다.

언니는 마흔이 넘어 과천에서 갤러리 카페를 열었다. 그 나이에 카페를 시작하는 게 두렵다고 했지만, 나는 누구나 자신이 잘하는 걸 하면 성공할 수 있다고 응원해주었다. 음식 솜씨도 있고 손님 대접도 잘하는지라 카페는 크게 성공했다.

언니는 신혼여행 때 처음 본 유채밭에 반해 20년 전에 제주 도민이 되었는데, 서귀포에서 '봄'이라는 이름의 미술관과 갤러리 카페가 있는 멋진 숙소를 운영한다.

언니네 숙소는 맛있는 아침이 유명한데 우리 친정의 문화를 생각하면 당연한 일이다. 내 집에서 묵은 손님에겐 꼭 맛있는 아침을 대접해야 하니까.

내 바로 아래 동생은 고등학교 때 깍두기를 담갔다는 전설 같은 이야기의 주인공이다. 거기에 먹는 것을 최고의 낙으로 치는 남편과 결혼한 탓에 한식, 양식 실력 모두 수준급이다. 시외숙모께 배웠다는 동생의 치즈 케이크와 초콜릿 케이크는 유명 제과점의 것보다 훨씬 맛있다. 깍두기를 담갔던 게 단지 헛

말이 아니었다는 말이다.

막냇동생은 우리끼리 붙인 별명이 한국의 마사 스튜어트 Martha Stewart이다. 본업이 피아니스트인데 못 하는 게 없다. 특히 음식을 할 땐 연구와 실험을 거쳐 최상의 결과를 만들어낸다. 그래서 나의 거의 모든 요리법은 동생이 임상(?)실험을 거쳐 엄선한 것이다. 우리 집 손님 아침상에 빠지지 않고 등장하는 딸기 스콘 만드는 법도 막내에게 받은 것이다.

본래 체력이 좀 부실한 큰언니는 막내보다 열여섯 살 위로 벌써 일흔이 넘었다. 언니는 음식하는 것을 싫어한다면서도 손님을 초대한다. 손님을 치르면 며칠 힘들어하면서도 아직도 집에서 손님 대접하는 것을 미덕으로 여긴다. 우리 아이들이 간혹 서울에 가면 큰언니네 묵는데 손님의 취향을 배려한 아침을 차려주려고 언니는 그 전날 메뉴를 선택하게 한다.

그래서 어쩌다 여섯 자매가 한데 모이면 부엌은 전문 요리사들이 모이기라도 한 듯 활기차다. 한식은 둘째와 셋째 언니, 양식은 다섯째와 막내의 주 종목이다. 나와 큰언니는 손 놓고 구경만 해도 기막힌 상이 차려진다.

2년 전 크리스마스 때 사나흘 동안 다섯째와 막냇동생네 식구들까지 스무 명 가까운 식구가 다 함께 바닷가 집에서 보냈다. 다섯째와 막냇동생까지 합세해 맛있는 음식을 해먹고 제과점 것보다 멋진 크리스마스 전통 케이크도 만들었다. 통나무 모양의 케이크 위에 얹은 버섯과 솔방울 같은 장식들은 손으로 만든 것이라고 믿기 어려울 정도였다. 덕분에 어린 시절 친정에서 보내던 눈물 나게 아름다웠던 크리스마스를 오랜만에 다시 맞은 기분이었다.

손자
돌상 차리기

작은손자 호원이의 첫돌을 우리 집에서 하기로 했다. 손님이 어른 서른에 아이 열, 총 마흔 명이다. 돌상을 쉽게 차리려면 한국 식당과 반찬가게에 음식을 주문하면 된다. 그런데 왠지 내 손으로 하고 싶었다. 내 음식 솜씨가 좋아서가 아니었다. 여느 집과 똑같은 잔치 음식을 내놓는 게 별로 마음에 안 들어서였다.

메뉴는 이틀 전에 짜고 하루 전날 장을 봤다. 우리 며느리는 내가 음식을 해주는 게 고마워 모든 걸 맡기는 스타일이다. 나도 병원에서 일하느라 힘든 며느리가 돌날 아침에 아이들을 챙겨서 나타나주는 것만도 고맙다고 생각했다.

많은 사람을 초대했는데 음식 가짓수가 다양해 준비하다 시간이 모자라면 막판에 한두 가지 줄이면 된다. 꼭 필요한 재료가 아니면 혹시

손자들, Grandsons, 15×20cm,
Pencil sketch, 2017~2021

✢ 손자를 처음 안은 순간 나는 사랑에 빠졌다.
  짝사랑도 그런 짝사랑이 없다.
  손자들을 봐줄 때마다 천사같이 자는 모습에 홀려
  자주 그 모습을 그렸다. 다 컸을 때 주면 좋은 선물이 되지 않을까?

잊어버리고 못 샀어도 빼고 만들면 된다. 그래도 초대받은 사람은 거의 차이를 모르니까 요리하는 데 스트레스를 받을 필요는 없다.

나는 다음의 네 가지를 염두에 두고 돌상 준비를 했다.

❶ 집에 있는 재료를 활용한다.

마침 잘 익은 아보카도가 좀 있어서 과카몰레를 만들기로 했다.

❷ 누가 오는지 고려한다.

아들 며느리의 외국 친구들과 이민 2세 조카들을 위해 김치볶음밥을 넣었다. 외국인에게는 한국 음식을, 한국 사람에게는 외국 음식을 내면 실패하지 않는다.

❸ 전날 할 수 있는 것은 미리 준비해둔다.

❹ 돌날 아침 스케줄(11시 사진 촬영, 12시 점심)을 보아 2~3시간 정도이면 음식을 마무리할 수 있게 계획을 세운다.

메뉴

모듬 치즈

과카몰레와 옥수수칩

갈비찜

닭튀김

매운 새우와 새우전

채소쟁반국수

오징어무침

김밥과 만두

김치볶음밥

캘리포니아 롤

갈비찜은 동서에게 부탁하고 몇 가지는 미리 해두어서 돌날 아침에 순조롭게 상을 차려냈다.

다섯 살 미만 아이들 열 명이 뛰놀다 간 집은 아수라장이었다. 오늘도 부부청소단(우리는 그렇게 부른다)은 소매를 걷어 올리고 한두 시간 만에 집 안을 손님 오기 전보다 더 정갈하게 치웠다.

둥굴레 차 한 잔 타서 앉으니 역시 잘 치렀다는 생각이 들었다. 저녁은 남은 음식으로 대충 때우고 어제 못다 잔 잠을 잘 수 있겠다.

내 롤모델인 언니들이
아직도 참 예쁘다

○

우리 자매는 키가 큰 편이다. 키 178센티미터로 옛날 분치고는 무척 크셨던 아버지 덕이다. 나도 학교 다닐 때는 반에서 한두째 갈 정도로 컸지만, 자매들 사이에선 중간에 속한다.

셋째 언니는 163센티미터로 제일 작았기에 우리는 자주 키를 가지고 놀리곤 했다.

"왜 이렇게 쬐그매."

키 차이는 좀 있지만, 우리 자매는 옷 입는 치수가 같고 취향도 비슷하다. 그래서 우리는 이른바 '교복'이라고 부르는 옷을 여러 벌 갖고 있다. 우리 중 누군가 예쁜 옷을 보면 별로 비싸지 않은 경우 하나씩 사서 돌리기 때문이었다.

한번은 큰언니가 얌전한 까만 원피스를 하나씩 사주었는데,

다 같이 그 옷을 입으면 장례식 치르는 줄 알겠다며 웃었던 기억이 있다. 발 크기도 여섯 중 넷은 같아서 예쁜 신을 보면 서로 사주기도 한다. 미국에서 한국으로, 한국에서 미국으로 자매들 집을 방문할 때는 신발을 안 챙겨도 걱정이 없다. 현지 조달이 가능하니까.

우리는 또 세 번 예쁘다고 말하면 줘야 한다는 이상한 법도 있다. 언니나 동생이 입고 있는 옷을 예쁘다고 하면 맘이 약해져서 벗어주니까 생긴 말이다. 어릴 때는 동생이 언니 걸 물려입었지만, 지금은 언니도 동생 걸 받아 입는다. 인심 후하기로 소문난 셋째 언니는 만날 때마다 자매들에게 옷 한 벌씩 물려준다.

핸드백도 예외가 아니다. 서로 사주고 받다 보니 한자리에 같은 백을 들고 갈 때도 있다. 한번은 큰언니가 둘째 언니 집에 갔다가 둘째 언니 가방이 자기 것인 줄 알고 바꿔 메고 나간 재밌는 사건도 있었다.

큰언니와 막냇동생은 열여섯 나이 차이에도 친구처럼 지낸다. 아니, 다들 그냥 친구 같다. 다행히 아직은 나이보다 젊어 보이는 언니들이 씩씩하게 앞서가니까 뒤따라가는 우리에게는 큰 위안이 된다. 앞으로 3년 뒤, 6년 뒤, 9년 뒤 나의 모델인 언니들이 아직도 내 눈에 참 예쁘다.

관광버스를
대절해서
다닙니다

○

자랄 때 제일 많이 듣던 어머니의 잔소리가 있다.

"제발 밤늦게까지 모여 있지 말고 제 방에 가서 자라."

우리가 오죽 붙어 지냈으면 그러셨을까. 그 버릇은 각자 가정을 가지고도 버리지 못해서 우리는 지금도 호시탐탐 함께 모일 구실을 찾는다.

20여 년 전 막냇동생이 하와이에 살 때 여섯 자매의 가족이 함께 휴가를 보내기로 했다. 2세들까지 각지에서 온 스물다섯 명이 하와이의 콘도에서 왁자지껄 일주일을 보냈다. 식구가 많으니 모이는 데만 30분이 걸렸다. 우리는 매번 인원 점검을 했는데, 한번은 조카 한 명이 차에 타지 않았다고 난리가 났다. 영화 〈나 홀로 집에〉가 떠오르는 짧은 소동 후, 결국 조카가 다른 차에 타고 있다는 사실을 발견하고 안도했다.

2년 뒤 둘째 언니가 사는 제주도에서 다시 모였다. 이번에는 식구가 늘어 스물여덟 명이었다. 둘째 언니는 하와이에서의 경험을 떠올려 아예 관광버스를 대절했다. 처음 버스 앞 유리에 둘째 언니 이름을 넣어 '아무개 가족'이라고 써 붙인 것을 보았을 때 얼마나 웃었는지 모른다. 버스 내부에 보라색에 금색 레이스를 단 촌스런 커튼이 사면에 달려서 또 웃었다.

버스에 탈 때마다 아무개 가족이란 표시가 웃겼지만, 그로 인해 또 얼마나 행복했는지 모른다. 우리의 끈끈했던 성장기, 따뜻했던 제기동 집이 거기 담겼기 때문이었다.

식구가 많아서인지 우리 가족이 가는 곳에는 꼭 웃기는 사건이 일어났다. 서귀포 어느 식당에서 점심을 먹고 다음 행선지로 향하는데 갑자기 막냇동생이 외쳤다.

"어머, 우리 남편 어디 있어?"

하와이 사건 이후 아이들 머릿수는 꼼꼼히 점검했지만 어른까지 챙길 생각은 안 했는데 이번엔 어른이 실종된 거였다. 스물여덟 명이 함께 움직이다 보니 제부가 화장실에 간 것을 모르고 출발한 게 사단이었다. 당시는 미국 휴대전화를 한국에서 사용하기 힘든 때라 제부는 전화도 못 하고 식당에서 마냥 기다리고 있었다. 그 시간에 동생은 당연히 어느 언니와 신나게 떠들며 남편은 잊었을 것이다.

이제 2세들이 결혼해 식구가 열여섯 명 더 늘어 버스 한 대에 다 탈 수 없게 된 지 이미 오래이다. 아기들이 계속 태어나고 있으니 대가족 여행은 쉽지 않게 생겼다.

살아갈수록 자식 생각하지 말고 우리끼리 재미있게 즐겨야겠다는 마음이 들어서인지 요즘은 자매들끼리의 여행이 더 잦아졌다. 송 자매들이 모이면 그 기에 눌린다며 툴툴거리는 남편도 어려운 일이 있으면 팔을 걷어붙이고 달려오는 우리의 우애는 부러워하는 눈치이다. 그런데 송 자매들에게 장가든 남편들 역시 어느새 우리에게 물들었는지 형제처럼 친하다. 하기야 같이 지낸 세월이 얼만가.

남편들끼리 형제처럼 지내는 데는 또 다른 이유가 있는 것 같다. 어머니가 생전에 하신 말씀이 있다.

"우리 사위들은 모두 한 어머니에게서 태어난 것 같다."

그만큼 성향이 비슷하다. 특히 술꾼은 한 사람도 없고 모두 '집돌이'라는 점이 그렇다. 결국, 남편들까지 한통속이라 자매들의 여행엔 남편들이 따라붙는다. 때론 자매끼리만 가고 싶은데 말이다.

그런데 인생이 참 묘하다. 자식들에게서 해방되어 여생을 누리기만 하면 될 것 같은데, 이젠 건강이 발목을 잡는다. 자매들

해변의 자매들, Sisters on the beach, 50×35cm, Watercolor, 2021

⯑ 조카 결혼식에 모처럼 여섯 자매가 모였다.
　 10월 말인데도 날씨가 따뜻하고 화창해
　 맨발로 바다를 걸으며 수다꽃을 피웠다.
　 우리는 다 같이 모이기만 해도 그냥 특별한 날이 된다.

이 그리는 여행의 꿈은 찬란한데 한 사람, 두 사람, 몸에 아픈 곳이 생긴다. 여기까지 오느라 힘들었는데 왜 정점은 오래 지속되지 않는 걸까? 이게 인생일까?

친정의 특별한 전통,
동화 같은 크리스마스

○

　우리 친정에는 특별한 전통이 있다. 1년 중 크리스마스를 가장 큰 명절로 지킨다는 것이다. 태어나 유아세례를 받고 어릴 때부터 교회 안에서 자라신 아버지가 크리스마스를 대단하게 준비하고 지키셨기 때문이었다.

　큰언니가 네 살 때, 부모님은 단칸방에 사셨는데 그때도 언니를 위해 그 작은 방에 크리스마스트리를 세우셨다고 했다. 부모님이 젊으셨을 때는 두 분이 크리스마스캐럴을 부르며 동네를 도시기도 했다. 가히 한국의 크리스마스 역사에 남을 만한 일이다.

　우리가 커가면서 12월 한 달은 내내 축제 분위기였다. 우리 집 마당에는 키 큰 전나무가 있었는데 12월 중순쯤이면 크리스마스트리 장식을 했다. 반짝이는 금색, 은색 줄과 색색의 전구를 두르고 과자와 장난감을 담은 양말을 걸어놓았다. 그때는 가정집에 크리스마스트리를 장식하는 경우가 거의 없었던 터라 담 밖으로 드러난 우리 집 트리 불빛에 동네 사람들도 마음이 설렜을 것 같다.

산타할아버지의 존재에 대해서도 철저하게 비밀이 지켜졌는데 나는 4학년 때쯤 우연히 뒷방에서 선물을 싸시던 엄마를 잘못(?) 목격한 탓에 진실을 알게 되었다. 순진했던 셋째 언니는 학교에서 산타할아버지가 없다는 친구와 논쟁을 하고 나서 밤을 새워서라도 진실을 밝히려 했다. 결국 새벽에 잠이 들어 그해에도 산타할아버지는 오시고 말았다.

언니들이 크고 나서는 빵과 과자를 굽는 일이 며칠간 계속되었는데 그 향기로운 냄새가 우리를 행복하게 했다. 마침 집에 벽난로가 있어서 우리 집 크리스마스 분위기는 제법 로맨틱했다.

정치인보다는 예술가가 더 어울렸을 낭만적인 아버지는 집을 증축할 때 어머니께 딱 하나, 벽난로를 만들어달라고 주문하셨다. 당시에는 영화에서나 볼 수 있었던 벽난로를 제대로 만들 사람이 없어서 그리 볼품은 없었지만, 장작을 때면 분위기는 그럴싸했다.

아버지는 벽난로 재를 일부러 흐트러뜨려 마치 산타할아버지가 굴뚝으로 드나든 것처럼 꾸미셨다. 가끔 떼를 쓰는 동생에게는 "산타할아버지가 너 요즘 말 잘 듣냐고 물어보시더라"고 하시는 바람에 동생이 선물을 못 받을까 봐 맘을 졸였다.

한번은 막내가 선물로 공주 드레스를 원했는데 그때만 해도 동생이 그려서 보여준 3단 드레스를 팔지 않아 어머니가 동네 허름한 양장점에 주문하셨던 기억도 있다.

크리스마스이브에는 온 식구가 벽난로 앞에서 크리스마스 캐럴을 불렀다. 성악을 전공하고 싶으셨을 정도로 미성이었던 아버지와 아기 때부터 재능을 보여 성악을 전공한 셋째 언니, 피아노 신동으로 불렸던 막내, 모이면 무조건 노래하기 좋아하는 나머지 딸들. 어머니만 유일하게 음악과 좀 거리가 멀었다. 우리는 무슨 노래든 화음을 넣어 부르는 버릇이 있었는데 가족 숫자가 많으니 꽤 멋지게 들렸다.

결혼 후 자기들만의 크리스마스를 보내지만 우리 자매는 모두 그때를 그리워한다. 그래서 가끔 두세 가족이 함께 크리스마스를 보내보지만 어쩐 일인지 그 옛날 우리 집 크리스마스 분위기는 되살아나지 않는다. 크리스마스의 중심이었던 아버지가 안 계셔서 그런 것 같다.

우리의 크리스마스 추억에는 엉뚱한 사건도 한 페이지를 장식한다. 나이 들고 보니 옛일 중에는 진짜로 일어난 게 아닌, 드라마나 영화에서 보았던 장면 아닌가 착각하게 되는 기억도 있는데 이게 그 경우이다.

어느 해였던가, 둘째 언니가 대학생이었으니 6년 아래인 나는 중학생이었던 것 같다. 워낙 좀 엉뚱한 데가 있는 둘째 언니가 갑자기 우리를 모아놓고, 크리스마스 선물 받는 걸 상상할 수 없는 아이들에게 우리가 산타할아버지가 되어보자고 제안했다.

당시뿐 아니라 지금까지도 우리는, 특히나 같이 있을 때는 소설《작은 아씨들》의 자매들처럼 용기가 넘치는지라 바로 실행에 들어갔다. 선물을 우리 용돈을 거둬 샀는지, 부모님 도움을 받았는지는 기억나지 않는다. 우리는 장난감과 과자를 꽤 많이 사서 알록달록한 종이에 예쁘게 포장했다. 그때 서울 곳곳에는 꼬방동네(판잣집이 모여 있는 마을)가 많았는데 우리 동네 개천 주변에도 천막집이 늘어서 있었다.

막상 가보니 선물을 전하는 일이 조금 난감했다. 그런데 금방 모여든 아이들 때문에 순식간에 나누어주고 도망치듯 돌아왔다.

또 그때였는지 다른 때였는지, 어느 집 앞에 몰래 선물을 놓아두고 누군가 나와서 가져갈 때까지 멀리서 숨죽이고 지켜보았던 기억도 있다.

남편에게 그 얘기를 했더니 바로 놀린다.

"내가 바로 그때 선물 받은 애 중에 하나잖아."

물론 농담이었으나 뒤늦게 그 선물을 받은 아이들이 어딘가 존재한다는 사실이 떠올랐다. 어떤 기분이었을까?

누군가에게 믿기지 않는 미스터리를 남기는 일은 생각보다 어렵지 않다. 그러나 그것이 혹시라도 마음에 상처를 주지는 않았을까 걱정도 된다. 그때 우리는 정말 순수했으나 그 아이들의 삶을 살아보지 않은 우리가 그들의 마음을 다 헤아릴 수 있겠는가.

어쨌거나 이런 아름다운 어린 시절을 갖게 해주신 부모님께 참 감사하다. 사람들은 겉으로만 보고 우리가 유복하게 자랐으리라 생각한다. 그러나 30년 군사 독재체제에서 올곧게 야당 정치인으로만 사신 아버지, 바른 정치인이 되려면 청렴결백해야 한다며 이런저런 일을 하시며 가정경제를 책임지신 어머니 사이에서 우리는 일반 가정에서 누리는 것 이상의 물질적 혜택은 받지 못했다.

그래도 정서적으로는 시대까지 뛰어넘어 풍족한 환경에서 자랄 수 있었다.

이건 엄마가
사시는 거야

○

가족이 다 모이는 때는 주로 결혼식이나 장례식이다. 우리같이 자매가 많고 집집이 아이들을 평균 셋 정도 낳은 경우는 결혼식 행사도 적지 않다. 그런데 나이가 드니 장례식에 참석할 일이 자주 생겼고 상주가 되기도 했다. 어릴 때는 장례식장에서 왜 그렇게들 먹고 마시는지 이유를 몰랐다. 그런데 내 일이 되어서 알게 됐다. 사람들이 먹고 마시는 떠들썩한 일상이 슬픔에 찬 상주들에게 한편 위안이 된다는 것을.

친정어머니는 3년 전 초봄에, 93세의 나이로 돌아가셨다. 한국에 계신 어머니의 건강이 눈에 띄게 안 좋아지시자 외국에 사는 나는 정신이 좋으실 때 가서 뵈어야 할 것 같아 그해 1월에 혼자 서울에 갔다. 2월에는 주말을 넘기기 힘드실 것 같다는 소식에 남편과 다시 한국에 갔다. 그런데 병세가 호전되셨다. 마냥 있을 수 없는 상황이라 다시 돌아왔는데 열흘 만에 소천하셨다. 소식을 듣자마자 떠났지만 결국 장례식 이틀째에 한국에 도착했다.

우리 여섯 자매 중 밑의 넷은 미국에 산다. 다행히 큰언니, 작은언니가 있어서 모든 장례 일정을 맡아주었다. 어머니가 돌아가시기 전 서너 달 고통받으셨지만 비교적 편안히 천국에 가신 것이 위안이 되었다.

장례식을 마친 후 며칠 동안 우리 자매들은 정말 화기애애하게 지냈다. 다 같이 모이기 쉽지 않은데 오랜만에 함께 지내며 어머니를 추억했다. 장례식이 끝나고 회계를 맡은 큰언니가 뜻밖의 소식을 전했다. 어머니가 남기신 유산을 나누게 되었다고.

웬 유산?

꿈에도 생각지 않은 일이었다.

사실 어머니가 돌아가시기 10여 년 전부터 우리 여섯은 돈을 모아 어머니의 생활비를 드리고 있었다. 그래서 누구도 우리가 유산을 받을 수 있다는 생각은 하지 못했다. 알고 보니 우리가 보내드린 생활비를 아껴 남겨두신 것이다.

우리는 1,000만 원가량씩 유산으로 받았다. 외화 통장에도 달러가 좀 있었는데 어머니가 미국에 오실 때마다 딸들에게 받으신 용돈을 저축하신 것이다. 우리는 그 돈에 조금 보태 손자녀 열여섯 명에게 할머니 유산이라며 300달러씩 나눠줬다.

모두 나누고 남은 350만 원은 그해 가을, 여섯 자매만의 4박 5일 여행 비용으로 썼다. 여행 내내, 우리는 식당에 갈 때마다 농담을 했다.

"이것도 엄마가 사시는 거야."

큰언니는 우리가 부모님의 재산이 없어서 이렇게 사이가 좋다는 씁쓸한 농담을 한다. 그것도 일견 맞지만, 평생 우애 있게 살도록 편애하지 않고 키워주신 부모님 덕이 아닐까 생각한다.

비록 큰돈은 물려받지 못했지만, 부모님이 주신 정말 값진 유산이 있다. 언제나 주위 사람을 돌보고 나누어주시던 정이다. 부모님을 생각하며 우리도 흉내를 좀 내보지만, 따라가려면 한참 멀었다.

4장

누구나
자기 드라마의
주인공입니다

대학원생에서
생선 장수가 된 공학도

○

　남편은 2004년, 지금 생각하면 한창 일할 젊은 나이 마흔넷에 잘되던 사업을 접고 은퇴했다. 그가 살아온 날들을 모르는 사람들은 운이 좋아 일찍 성공했다고 생각할지 모른다. 그렇지만 함께 그 과정을 지켜본 나는 이 모든 게 매일매일 부지런하고 성실하게 살아온 20여 년의 보상이라는 것을 안다.

　서울에서 중학교 1학년 한 학기를 마치고 갑자기 낯선 나라에 떨어진 열세 살 소년은 화장실이 어디냐고 물어볼 줄 몰라서 하루 종일 소변을 참아야 했다. 괜히 못살게 구는 아이들에겐 발차기를 날려 브루스 리 흉내를 내면서 자신을 지켰다. 그러다 모처럼 차이나타운 나들이에서 자기와 비슷한 사람들을 보면 위안을 얻었다고 했다.

남편은 약점인 영어 대신 잘할 수 있는 과학과 수학을 열심히 공부해 뉴욕에서 시험 보고 들어가는 과학고등학교에 입학했다. 이후 많은 이의 선망의 대상인 컬럼비아대학교를 졸업해 부모님의 자랑이 되었다. 그러나 졸업하던 1982년에 세계적인 유류 파동이 일어나면서 남편은 장벽에 부딪혔다. 기름 관련 회사들이 대거 직원을 감원하는 상황은 화공과를 전공한 남편에게는 치명타였다. 직장을 찾기 힘들었던 남편은 일단 대학원에 진학하는 것으로 돌파구를 찾았다.

그런데 그의 앞에 또 하나의 걸림돌이 생겼다. 바로 나였다. 나는 프랑스 파리 유학 중에 뉴욕에 들렀다가 한 모임에서 남편을 소개받았고, 장거리 연애 중이었다. 그러나 갑자기 한국에서 전두환의 12.12 군사쿠데타가 일어나고, 정부에 저항하는 야당 정치인들이 잡혀가 고문당하는 등, 우리 집에 또다시 정변이 덮쳤다.

그렇지 않아도 가난했던 나의 유학 생활은 더는 견딜 수 없는 지경에 이르렀다. 남편은 내가 유학을 포기하고 서울로 돌아갈 처지가 되자, 아무 대책 없이 결혼하는 방법을 택했다. 그렇게 직장도 없는 스물셋 대학원생이 하루아침에 가장이 되었다.

남편이 찾은 생활전선은 맨해튼 17번 부두에 있는 풀턴 수산시장Fulton Fish Market이다. 지금은 맨해튼 북쪽 브롱크스로 옮기고 '피어 17'이라는 복합문화공간이 들어섰지만, 풀턴 수산시장은 1822년에 생긴 이후 대서양에서 돌아오는 어선들의 목적지이자 183년 동안 미국 동부에서 가장 큰 수산시장이었다.

남편이 처음부터 이 명성 높은 시장에서 번듯하게 장사를 시작한 건 아니었다.

1973년에 뉴욕에 이민 오신 시부모님께서는 경험도 없이 친구와 맨해튼 한복판, 72번가 브로드웨이에 생선가게를 차리셨다. 다행히 장사가 잘되어 내가 결혼했던 1983년에는 브루클린으로 옮겨 10년째 가게를 운영하고 계셨다. 남편은 시간이 나면 부모님 가게에 나가 도와드렸는데 열아홉 살 여름방학 때는 서울에 가신 시아버님 대신 한 달간 생선가게를 도맡기도 했다.

남편은 그때 처음 갔던 풀턴 수산시장 풍경이 이상하게 매력적이었다고 했다. 새벽에 고무장화를 신은 장정들이 커다란 쇠갈고리를 어깨에 걸고 욕지거리를 하며 생선 상자를 나르는 모습이 원시적이면서도 좋았더라고 했는데 나로서는 공감되지 않는 얘기다.

결혼하고 부모님 댁에 얹혀살게 된 남편은 시아버님의 단골 도매상이었던 T&S의 줄리 아저씨에게 가게 한쪽에서 장사하게 해달라고 부탁했다. 당시에는 한인 소매상이 많아 괜찮을 거라고 생각했는지 아저씨는 가게 귀퉁이에 작은 자리를 내주었다. 이익금의 얼마를 떼준다는 조건이었다.

아무 경험도, 계획도 없던 남편은 현장에서 혼자 모든 일을 감당하며 노하우를 터득해야 했다. 처음에는 생선튀김을 파는 소매상들에게 필요할 거라는 판단으로 냉동 감자튀김을 팔았는데 내 기억으로 첫 주 매상이 300달러 정도밖에 되지 않았다. 그 후 주로 냉동 새우를 팔다가 점점 종목을 늘려 바닷가재, 오징어, 문어 등 냉동 해산물을 팔았다. 그렇게 확장하면서 남편 이름의 사업체까지 세웠고, 이후 연간 200억 원의 매출을 올리게 되었다.

사실 나는 남편이 시장에서 어떻게 하루를 보내는지 잘 몰랐다. 그저 지나가는 말로 겨울엔 볼펜이 얼어서 안 나왔다든가, 추워서 하루 종일 커피를 너무 마셨다든가, 그런 얘기들로 남편이 가족을 위해 추운 데서 무진 고생을 했다는 걸 짐작할 뿐이었다.

또 하나, 새벽 2시에 출근해 오전까지 일하는, 밤낮이 뒤바뀐 생활을 20년 동안 지속했다는 것만으로도 그를 무한히 존경할 수밖에 없다. 당시 수산시장을 꽉 잡고 있던 마피아들에게 소위 '뻥'을 뜯기며 버텼다는 것도 은퇴 후 알았으니 참 쉽지 않은 세월이었을 것이다.

마피아와 관련해서는 흥미진진한 이야깃거리가 있다. 루돌프 줄리아니가 뉴욕 검찰총장에 부임하고 마피아 소탕에 나섰을 때, 남편도 FBI에 불려간 적이 있었다. 여러 날 강압 수사가 계속되었는데 남편은 끝까지 입을 열지 않았다고 했다.

그러고 몇 달 후, 마피아 대부에게서 연락이 왔다. 어느 장례식장에서 만나자고. 그날 남편은 마치 영화 〈대부〉의 한 장면 같은 말을 남기고 나갔다.

"혹시 내가 안 돌아오면 경찰에 연락해."

결과는 뜻밖이었다.

대부는 함구해줘서 고맙다는 인사와 함께 살면서 누군가 귀찮게 굴면 자기를 찾아오라고 했다는 것이다.

웃자고 하는 이야기이지만, 이건 뉴욕 바닥에서 아무도 남편을 건드릴 수 없게 든든한 뒷배가 생겼다는 것이다.

이 에피소드는 지금까지도 조카들이 가장 흥미롭게 들어주는, 그야말로 전설 같은 이야기 중 하나이다. 남편은 아직도 농담 삼아 흰소리를 하곤 한다.

"우릴 귀찮게 하면 큰코다친다."

20년 넘는 세월 동안 남편은 한결같이 땅콩버터와 꿀을 바른 호밀 빵 샌드위치 두 개를 싸 들고 새벽시장으로 출근했다. 밤낮이 바뀐 삶이 힘들어 더 계속하고 싶지 않다는 게 그만둔 이유였는데, 그의 성실한 삶이 이룬 열매가 있었기에 마흔넷의 이른 은퇴가 가능했다.

　　우리 어머니는 사위가 잠시 하고 말 줄 알았던 생선 도매업을 계속하자 농담 반 진담 반으로 말씀하신 적이 있다.

　　"내가 컬럼비아 대학원생인 줄 알고 결혼시켰는데 결국 생선장수였네."

　　남의 이목이 굉장히 중요한 한국 사회의 사고방식을 생각하면 어머니의 마음을 백번 이해한다. 그런 의미에서 나는 자신의 학력이나 직업의 귀천을 따지지 않고 기회를 도전으로 바꿔 열심히 일한 남편이 참 고맙다.

밥값은
네가 내라

○

　농담이겠지만 며느리들이 '시' 자가 들어가 시금치나물도 안
먹는다는 얘기를 들었다. 아들만 둘이던 집에 시집가 시부모
님께 귀여움받은 기억밖에 없는 나로서는 이해하기 어려운 말
이다.

　서울에서 초등학교 교사로서 중학교 국어교사였던 아버님
과 맞벌이를 하셨던 어머님은 미국에 오실 때까지 집안일은 거
의 안 하신 것 같았다. 이민 온 후에도 가게에서 같이 일하셨기
에 요리에는 자신 없어 하셨다. 자연히 식구들 밥은 라면도 제
대로 끓여본 적 없는 알량한 내 소관이 되었다.

　할 줄 아는 음식이 없던 나는 당시 브루클린에 살던 셋째 언
니에게 매일 전화를 걸었다.

"언니, 밥물은 어떻게 맞춰?"

"언니, 콩나물국은 어떻게 끓여?"

그러고도 서울의 사촌 시누이, 효순 언니가 보내준 요리책들을 펴놓고 서툴게 흉내내며 요리했다.

당시 사흘이 멀다 하고 잡채를 만들었는데 웬만해선 망치기 쉽지 않은 요리였기 때문이었다. 하지만 칼질이 서툴러 각종 채소를 작고 예쁘게 써는 동안 한나절이 다 가버렸다. 부엌에 종일 서 있어도 상차림은 초라하기 짝이 없었다.

한번은 갈비탕을 끓였는데 아버님께서 "에구, 웬 소가 그냥 지나갔네" 하시는데 죄송해서 귀가 빨개졌던 것 같다. 늘 남을 배려하시는 어머님께서 "맛만 있구먼, 아무 소리 말고 드세요" 하며 내 편을 들어주셨다.

시어머님은 워낙 겸손하신 성품 때문에 내 음식을 늘 칭찬만 하셨다.

"네가 한 게 더 맛있구나."

이렇게 대책 없던 나도 거의 40년 음식을 하다 보니 조금은 나아졌다. 음식을 가리지 않고 맛없어도 잘 먹는 남편 탓에 솜씨가 크게 늘지는 않은 것 같다. 그래도 눈썰미는 좀 있는 편이어서 식당에서 맛있게 먹은 음식을 집에서 비슷하게나마 만들어본다. 그러다 보니 어느 정도는 할 줄 알게 되었다.

우리 막내아들이 스물두 살 되던 해에 잠깐 그런 생각을 해보았다.

'어느 날 아들이 결혼해 며느리와 함께 우리 집에 들어와 산다면 어떨까?'

눈앞이 아찔했다. 그러고 깨달았다. 내 신혼 시절, 동네에서는 시어른을 모시고 사는 착한 며느리로 여겼겠지만 지금 생각하면 시부모님이 철부지 자식을 한 명 더 기르신 셈이었다.

식구는 같이 살아야 한 가족이 된다는 아버님 말씀에 동의해 결혼하자마자 시댁에서 살았지만, 사실은 독립할 능력이 안 되어 다른 방법은 생각할 수 없었다. 1년 반 후에 시부모님이 살림을 내주셨는데, 아버님 말씀처럼 그때 함께 살았기에 진짜 가족이 될 수 있었다. 무엇보다 집안 내력과 가풍, 남편이 자란 환경을 알게 되어 그를 이해하는 데 도움이 됐다.

지금도 감사하게 생각하는 건 우리 결혼식 비용을 시댁에서 도맡아 부담하신 것이다. 당시는 친정아버지가 전두환에게 고문당하신 충격으로 뇌출혈로 쓰러지셨다가 회복되신 지 얼마 안 된 때였다. 그 여파로 가정형편이 급격히 나빠져 남편에게 오메가 시계와 양복 한 벌, 시부모님께 한복 한 벌씩 해드리는 것도 벅찬 형편이었다.

시어머님께서는 잘 키우신 딸을 보내주셨으니 전적으로 우리 집 행사라면서 약혼식부터 신혼여행까지 모든 비용을 내셨다. 오히려 우리 부모님께 명품 코트와 핸드백을 선물하셨다. 몇 년 후, 사촌 동서들이 시댁의 친척들에게까지 예단을 해온 것을 보고 내가 얼마나 기본 격식도 못 갖추고 결혼했는지 알게 되었다.

시어머님은 양띠였는데 정말 양처럼 순하셨다. 생전 남의 욕은 못 하셨고 늘 자신보다 남을 낮게 여기셨다. 두 분 다 지나치다 싶게 인심이 후하셔서 누가 좋다면 다 내주셨다. 생선가게에는 주 고객이 흑인이었는데 어쩌다 한국 사람이 오면 생선을 한 보따리씩 싸주셨다고 했다.

남편이 자라면서 아버님께 거의 세뇌될 만큼 자주 들은 이야기가 있다고 하였다.

"밥값은 네가 내라."

이 말을 나도 결혼 후 여러 번 들었다. 결혼 초 셋째 언니와 대학병원 레지던트이던 형부랑 같이 식사하러 가는데 아버님은 남편에게 돈을 쥐어주시며 당부하셨다.

"레지던트가 무슨 돈이 있겠냐. 밥값은 네가 내라."

아무리 레지던트가 박봉이라도 그렇지, 대학원생보다 낫지 않나?

아버님은 사람을 잘 믿으시는 탓에 사기도 몇 번 당하셨다.

그러면서도 좋은 가게 자리를 아는 분께 양보하시고, 심지어 싸게 나온 건물을 사려던 것을 다른 분께 소개해줘 남편이 속 상해하기도 했다.

그런데 흉보면서 배운다고, 남편도 별반 다르지 않다. 누구보다 앞서서 밥값을 내는 것으로 둘째가라면 서럽고, 누가 좋다 하면 자기가 필요한 것도 그냥 줘버리는 바람에 어떤 때는 미리 다짐해두어야 했다.

이러이러한 것은 좀 자제해달라고.

간혹 남편의 어이없는 선심에 툴툴거리기도 하지만, 쪼잔한 것보다야 낫겠지 하는 마음으로 봐 넘긴다.

모두 자기 드라마가
있다

○

누구의 인생에나 굴곡은 있게 마련이다. 우리 부부도 예외는 아니다. 40년을 함께 살면서 두 번의 커다란 파도를 넘었다. 지금 돌아보면 잘 버텨준 남편과 나 자신이 기특하다.

첫 번째 파도는 30대 후반, 넷째를 낳고 학교로 돌아가 공부할 때 왔다. 결혼 때문에 못다 한 학사 과정을 끝내고, 지도교수의 권유로 언어학 석·박사 과정을 막 시작했을 무렵이라 정신이 없었다. 내가 일주일에 두 번씩 하루 종일 몰아서 강의를 듣는 동안 남편은 엄마 없는 네 아이를 햄버거집으로, 피자집으로 데리고 다니며 식사를 해결했다니 다들 고생이 말이 아니었다.

그러던 어느 날 시아버님의 전화를 받았다. 갑자기 건물을 인수하게 되었는데 우리가 보증을 서야 한다는 말씀이었다. 내용을 알아보니 거의 사기를 당하시는 게 틀림없었다. 그때로부터 12년 전쯤에도 어떤 분의 주선으로 생판 모르는 사람에게 우리 집을 담보로 대출받게 하신 일이 있었다. 다행히 그때는 물질적 손해 없이 해결되었으나 정말 이해되지 않는 경험이었다.

이번에도 똑같은 분이 주선했는데 변변한 계약서도 없이 구두로 합의를 보고 이미 상당한 돈을 건넨 상태라고 하셨다.

은행 감정서를 보니 시가 40억 원 정도 하는 건물이었는데 이미 여러 건의 담보 설정이 되어 있어 남의 빚까지 다 떠안을 판이었다.

"저는 절대 보증 못 섭니다."

이러며 울먹이는 내가 딱했는지 은행 담당자가 찬찬히 설명을 해주었다.

은행에서도 이자가 계속 연체되어서 당연히 건물이 넘어가는 것으로 알고 있었는데 갑자기 누가 그 빚을 도맡겠다고 나타났고, 그게 바로 우리라는 것이었다. 우리가 보증을 서지 않으면 아버님이 지금까지 투자한 돈을 다 잃고, 보증을 선 후 아버님이 빚을 못 갚으시면 고스란히 우리의 책임이 된다고 했다. 우리는 도살장에 끌려가는 기분으로 40억 원의 빚을 물려

받았다.

이전 건물 주인이 운영하던 2층의 식당은 아무것도 모르는 주인들이 나타나자 매니저들이 속임수를 쓰는 바람에 한 달에 5만 달러 이상 적자가 났다. 1년 이상 회삿돈으로 건물의 적자를 막다 보니 남편의 회사 재정까지 흔들렸다. 우리는 어떤 액수가 누구에게 오고 갔는지 본 적이 없는데도 오롯이 그 빚을 갚을 수밖에 없었다.

할 수 없이 처음에 같이 투자했던 친척분께 전화를 드렸다. 더는 우리 힘으로 적자를 메우기 어렵고, 이 상황이 계속되면 건물이 은행에 넘어갈 것 같다고 도움을 청했다. 돌아온 답은 단 한마디로, 너무나 냉정했다.

"너희 이름만 빼면 될 것 아니냐!"

그럴 수만 있다면 얼마나 좋았겠는가? 은행엔 씨도 안 먹히는 얘기였는데….

사실 이 일이 일어났던 당시가 우리 자산이 제일 안정적으로 불어나던 시기였다. 남편의 사업이 10년을 넘어 자리를 잡았고 그동안 건물도 장만했다. 아이들 넷 앞으로 대학 학자금도 넉넉히 넣어두었는데 이 일에 휘말려 다 털어 쓰게 되었다. 이 건물이 넘어가면 빚 때문에 내 건물도 처분해야 할 판이었다.

그렇게 1년 넘게 고생한 뒤 다행히 식당을 인수하겠다는 사람이 나타나서 그나마 우리는 파산을 면할 수 있었다. 나는 남편이 1년 동안 체한 것같이 소화가 안 되었고 그 건물 근처에도 가기 싫었다는 말을 나중에야 들었다. 나보다 남편이 더 힘들었나 보다.

앞이 캄캄할 때마다 이상하게도 우리 부부는 "애들만 건강하면 됐지 뭐" 하며 서로 위로했다. 사실 태어난 지 얼마 안 됐던 막내는 식당을 살려보겠다고 새벽까지 집에 돌아오지 않는 엄마 때문에 생후 1년을 멕시코 보모 레고리아 손에 컸다. 오죽하면 과일 이름들을 스페인어로 먼저 배웠을까. 생각하면 막내에게 진 빚이 많다.

두 번째 시련은 더 크게 왔다. 내가 좋아하는 복음성가 중에 "그가 나를 단련하신 후에는 내가 순금같이 나오리라"는 가사가 있다. 욥기 23장 10절에 나오는 구절이다.

나는 하나님이 우리를 만나주실 때 딱 우리 생긴 대로, 그분의 방식대로 만나주신다고 믿는다. 그렇게 힘들었던 첫 번째 시련도 나와 남편을 하나님께 가까이 가게는 하지 못했다. 나같이 씩씩하고 꿋꿋하며 뭐든지 헤쳐 나갈 수 있다고 믿는 사람은 아주 세게 흔들어야 한다는 걸 하나님도 알고 계셨던 것 같다.

지금 생각해도 어떻게 그런 어마어마한 사건들이 한꺼번에

터질 수 있었는지 모르겠다. 마치 영화 〈퍼펙트 스톰〉의 폭풍처럼, 모든 조건이 한꺼번에 맞아떨어졌다. 시작은 2008년 세계금융위기의 여파였지만, 상관없는 일들까지 한꺼번에 터졌다. 그때 가지고 있던 건물 중 세 개가 제각기 다른 이유로 거의 한날한시에 문제가 생긴 것이었다.

맨해튼 센트럴파크 옆 중심가에 있던 건물에는 한 대에 3억 원 정도 하는 피아노를 팔던 가게가 입주해 있었는데 금융위기로 주 고객이었던 월가 손님들이 피아노를 못 사자 임대료를 낼 수 없게 되었다. 가게 위에 아파트도 있었지만 융자금의 절반 이상을 이 가게가 감당했기에 우리는 한 달에 2만 달러씩 적자가 날 상황이었다.

또 다른 건물에서는 세입자 중 한 명이 나도 모르게 불법으로 호스텔을 운영한 바람에 갑자기 시에서 빌딩 전체를 비우라는 행정명령이 떨어졌다.

엎친 데 덮친 격으로 당시 우리는 브루클린 덤보라는 옛날 창고 지역에 소극장과 갤러리를 건축 중이었는데 연달아 주변에서 벌어지는 부실공사 현장이 언론에 보도되자 모든 공사 허가가 중단되고 절차가 까다로워지기 시작했다. 미국에서는 허가 하나 변경하는 데도 몇 달씩, 몇 년씩 걸리는 게 보통이었다.

정말 손발을 묶으셔도 이렇게 꼼짝 못 하게 묶으실 수가 없었다. 사방을 둘러봐도 빠져나갈 구멍이 보이지 않았다.

우리는 그제야 그동안 바빠서 잘 참석하지 못했던 성경공부와 새벽예배에 나가기 시작했다. 갑자기 시간 여유가 생겼고, 어차피 우리가 할 수 있는 건 아무것도 없었다. 왜 우리 인간들은 꼭 밑바닥으로 내쳐져야 하나님을 찾는 걸까?

감사하게도 우리는 그 폭풍 한가운데서 하나님을 만났다. 50년을 정말 자신만 믿고 살아왔는데 처음으로 내가 누군지, 얼마나 내 자리를 모르고 까불며 살아왔는지 깨달았다.

자주 들어서 흘려버렸던 마태복음 말씀이 갑자기 가슴으로 이해되었다.

"수고하고 무거운 짐 진 자들아, 다 내게로 오라. 내가 너희를 쉬게 하리라."

나에게 얹힌 짐이 너무 무거워 내려놓고 쉬고 싶었으면서도 그 짐을 지킨다고 지고 있었으니 얼마나 어리석었던가.

이 모든 일 중에 제일 감사한 건 하나님이 나와 남편을 거의 동시에 만나주셨다는 거다. 믿지 않는 집에서 자란 남편 때문에 알게 모르게 핍박(?)을 받은지라, 이제 우리가 함께 의지할 하나님이 계신 게 정말 좋았다. 거의 3년의 광야 생활이 끝날 때쯤 기적처럼 우리의 자산은 폭풍을 만나기 전으로 회복되었다.

아이가
넷이에요

○

우리는 어딜 가나 아이가 넷 있는 집으로 불린다. 특히 사람이 많은 교회 같은 데서는 우리를 가리킬 때 "왜, 그 애들 넷인 집 있잖아요"라고 말한다.

사실 우리 어릴 때는 자녀가 넷이면 평균이었고 예닐곱 명이어도 특별히 여기지 않았다. 요즘은 다르다. 애들이 넷이라면 대개는 놀라고 본다.

우리가 처음 만났을 때 남편은 아이를 일곱쯤 낳고 싶다고 했다. 형제만 둘인 집에서 자라 애들 많은 집이 부러웠단다.

"오케이!"

아무 생각 없는 나는 흔쾌히 대답했다. 자매 많은 집에서 북적거리며 자란 어린 시절이 행복했고, 정말 운이 좋았다고 믿었기에 고민이 안 되었다.

그런데 결혼하고 1년이 넘도록 아이가 생기지 않았다. 결국 산부인과에 가서야 내가 임신이 잘 안 되는 체질이라는 걸 알게 되었다. 남편이 "그럼 그냥 우리끼리 재미있게 살면 된다"고 했지만 어디 그런가? 남편은 지극히 가부장적인 시댁의 맏아들이었고, 나도 남들이 하는 건 다 해보고 싶은 성격이다.

1년 이상을 열심히 산부인과에 다니며 약물치료를 받은 뒤 큰애를 낳았다. 둘째 아이는 그래도 자연 임신이 되었는데 그 이후로 다시 임신이 되지 않았다. 아들 둘만 기르자는 남편을 꼭 딸을 낳고 싶다고 설득했다. 거의 6년 만에 딸을 낳았는데, 딸이 왠지 부담스럽다던 남편의 말은 내가 더는 아이를 낳지 못할까 봐 한 말이라는 것을 나중에야 알았다.

임신 중 딸이라는 사실을 알게 된 날을 거의 30년이 지난 지금도 기억한다. 얼마나 좋았던지 부러울 게 하나도 없었다. 지금도 딸을 낳던 1~2년을 내 생애 가장 행복했던 때로 떠올린다.

딸아이에게 여동생이 있어야 할 것 같아서 다시 낳은 아이가 막내이다. 여동생이 아니고 남동생이었지만. 그렇게 우리는 아이 넷으로, 여섯 식구가 되었다.

큰아들과 막내의 터울이 꼭 10년이다. 자랄 때는 차이가 많은 것 같았는데 모두 성인이 된 뒤로는 거의 친구이다.

가족, Family, 45×30cm, Watercolor, 2022

☩ 명절엔 가족이 모여 북적대는 것만으로도 즐겁다.
  2년 전 크리스마스에 온 식구가
  3박 4일 밤낮을 잠옷 차림으로 지냈다.
  세상에서 가장 편한 게 가족이니까.

가끔 남편과 내가 이 세상을 떠난 후를 상상한다. 책임감 강한 큰아들과 언제나 가족은 특별하고 중요하다고 믿는 딸아이가 우리 없이도 똘똘 뭉치는 접착제 역할을 할 것 같다. 거기에 형제처럼 어울리며 자란 사촌들, 사촌같이 친한 친구들이 주변에 있으니 외롭지 않겠지. 남편과 내가 그렇게 바라던 '울타리' 기초 공사는 해놓은 셈이다.

  결혼한 아이들은 매년 번갈아 사돈댁과 우리 집에서 휴가를 보낸다. 이 전통은 사실 둘째 며느리 제이미 때문에 생겼다. 제이미의 결혼한 언니들이 그렇게 했기 때문에 우리도 자연히 사돈댁에 맞추게 된 것이다.

  결혼한 아이들은 크리스마스를 우리 집에서 지내면 추수감사절은 사돈댁에서 지낸다. 다음 해에는 반대가 된다. 그러다 보니 큰며느리도 같은 해에 친정 나들이를 한다. 우스운 건 우리 큰며느리보다 3년 늦게 결혼한 그 집 언니도 우리 집과 보조를 맞춘다는 것이다. 나머지 두 아이가 결혼해도 이 전통을 따르게 되리라.

  2년 전 크리스마스는 아이들이 집에 오는 해였는데 마침 미국 중부로 이사 간 아랫동생이 뉴욕의 두 아들과 예비며느리와 휴가를 보내고 싶다며 바닷가 집에 묵을 수 있는지 물어왔다. 우리 식구 아홉에 동생네 식구 여섯 그리고 때마침 서울에서 놀러 온 큰언니까지 어른 열여섯에 아이 두 명이 바닷가 집에서 크리스마스를 보냈다. 동생이 크리스마스 단체복으로 플란넬 잠옷을 주문했다. 우리는 남녀 색깔만 다를 뿐, 같은 잠옷을 입고 3박 4일을 지냈다.

사전에 보면 식구食口의 뜻은 '같은 집에서 살며 끼니를 함께 하는 사람'이다. 가족도 뿔뿔이 흩어져 만나지 않으면 남이나 다름없이 되듯이, 남도 같이 먹으며 지내면 식구처럼 가까워진다. 올해도 크리스마스에 아이들이 오는 해이다. 이번에도 재작년과 꼭 같은 멤버에 막냇동생 부부가 더해지니 더 풍성한 크리스마스가 될 것 같다.

요즘은 아이 넷만 해도 식구가 많다고들 하는데 우리 집은 사전적 의미의 식구가 워낙 많아서 아이를 열둘쯤 둔 가정과 다를 게 없는 것 같다.

무지개 가족의
마음 둥글리기

○

남편의 표현대로 우리 가족은 그야말로 무지개 가족이다. 큰 며느리는 중국계 미국인, 둘째 며느리는 파란 눈의 금발로 미국 태생이다. 셋째와 넷째도 아직 한국 친구를 사귄 적이 없기에 일찌감치 한국 사위, 며느리 볼 기대는 접었다. 그래서 자식이 외국인과 결혼을 앞두었던 친구에게 이런 말을 했다.

"남편과 나는 같은 언어를 쓰는데도 말이 안 통하잖아. 그 사람도 때론 외국인 같아."

이제는 웃으면서 하는 얘기지만 처음 결혼했을 때 우리는 엄청난 문화 차이를 느꼈다. 지극히 가부장적인 가정에서 자란 남편과 반대로 지나칠 만큼 민주적인 가정에서 자란 나와의 문화 차이란 외국인끼리 결혼한 것만큼이나 컸다. 개인적인 성향

함께 걷는 길, Hampton beach, 70×40cm, Watercolor, 2020

₮ 운동이라곤 걷기가 전부인 나는 바닷가 집에 가면
  시간 날 때마다 남편과 모래 위를 걷는다.
  여름 한 철 말고는 한산한 해변엔 우리 두 사람의 발자국이
  인생길처럼 찍힌다. 그 길을 돌아보면 감사뿐이다.

이나 바이오리듬도 정반대여서 어떻게 서로 좋아했는지 아무래도 이해하기가 힘들었다.

일단 동이 트면 일어나는 아침형 남편은 밤이면 생기가 더 살아나는 올빼미형 나를 이해하지 못했다. 나를 그냥 아침잠 많은 게으른 여자로 치부해 엄청나게 자존심이 상했고, 결국 30년 가까이 치열하게 치른 부부싸움의 원인이 되었다.

결혼 35년이 지났을 때 큰아들이 결혼했는데 할머니 할아버지가 기다리시는 가족 점심 모임에 한 시간이나 늦게, 아무 갈등 없이 늦잠 잔 며느리를 데리고 웃으며 나타났다. 이런 큰아들을 보면서 그제야 남편도 나를 어느 정도 이해하게 된 것 같았다.

또 한 가지는 남편은 정리 정돈을 아주 좋아하고 나는 대충대충 느긋하게 사는 게 몸에 배었다는 점이다. 내 영역까지도 남편이 정리를 하는 바람에 부엌살림이나 재료들이 어디에 있는지 심심찮게 찾아야 했다.

예를 들면 파스타 국수도 내가 둔 자리가 마음에 안 들었는지 가지런히 플라스틱 용기에 담아 부엌 장 높은 곳에 넣어두었다. 어느 날 그 사실을 모르고 요리하다 한참을 찾아 헤맸다. 이건 사용자의 편의를 전혀 고려하지 않은 일종의 독재나 다름없었다.

이처럼 사용자와 정리자가 다를 경우 일어나는 웃지 못할 상황이 집 안 곳곳에서 벌어졌다. 그래도 남편 덕에 우리 집은 늘 잘 정돈되어 있고 손님을 맞을 때 급히 치워야 할 일은 없으니 한편으론 고맙다.

우리 부부의 이런 뼈아픈(?) 역사를 모르는 주위 사람들은 우리가 처음부터 잘 맞았으리라 상상한다.

"아니, 30년 투쟁 끝에 이만큼 이룬 거예요!"

내 주장도 대수롭지 않게 듣는 눈치이다.

우리 어머니가 예전에 하신 말씀이 있다.

"우리 마음은 본래 네모인데 상처받을 때마다 모난 귀퉁이가 하나씩 떨어져 나가 언젠가 동그라미가 되고, 그땐 마음이 둥글고 원만한 사람이 되어 마음 상하지 않게 된단다."

네모로 만난 우리가 이젠 동그라미가 되었는지 젊었을 때보다 훨씬 상대를 이해하는 폭이 넓어졌다. 그래도 가끔 부부싸움이라는 걸 하고 있으니 아직 완전한 동그라미는 아닌 게 확실하지만 말이다.

자식의 자식들도
준비된 호스트가
되어간다

○

　어릴 때 늘 객식구로 붐비는 집에서 자라면서 어머니의 치마폭이 너무 넓은 것 같아서 불평이 나온 때도 있었다. 그런데 어느 날 내가 우리 부모님의 삶을 따라 하는 걸 느끼면 쓴웃음을 짓는다.

　우리 여섯 자매는 모두 나보다 상태(?)가 좀 나을 수는 있지만 결국 부모님의 유전자에서 벗어나지 못하고 산다. 일단 자매끼리는 네 집, 내 집 없이 장기 투숙하는 게 아무렇지 않다. 미국에서 한국으로, 한국에서 미국으로 오가다 보니 자연히 오래 머물게 되는 것이다. 자매뿐 아니라 자매들의 친구까지도 언니 동생 하며 지내면서 자매들의 집을 내 집인 양 가서 신세 지라고 한다. 심지어 별 관련이 없는 남들에게까지 그렇게 말하기도 한다.

솔직히 우리가 자랄 때 집에 객식구가 많은 게 별로 좋지 않았다. 특히 발냄새 나는 청년이 여럿 같이 산다는 게 불편하기도 했다. 식구가 많으니 오롯이 내 방을 가져본 적도 없어서 자기 방이 있는 친구들이 부럽기도 했다.

식탁은 늘 도떼기시장처럼 시끌벅적해서 우리 식구만 오붓이, 조용하게 밥을 먹고 싶다는 생각을 한 때도 있었다. 그런데 알고 보니 손님이 자주 드나드는 환경에서 자란 우리 아이들도 그런 생각을 했다.

"엄마, 이번 주말엔 누가 와?"

아이들이 곧잘 묻곤 했다.

"오긴 누가 와? 아무도 안 오지."

그런데 별로 믿어주는 눈치가 아니었다. 왜 안 그렇겠는가? 웃지 못할 황당한 사건들을 자주 경험하며 자랐는데.

한번은 우리가 친구 집에 초대돼서 가는 길에 아이들의 전화를 받았다.

"엄마, 마당에 사람들이 가득 들어와서 바비큐를 하는데 어떻게 된 영문이야?"

"에구, 놀랐겠다! 좀 전에 전도사님이 청년부를 데리고 공원에서 바비큐를 하려다가 물도 없고 화장실도 없어서 우리 뒷마당에서 하겠다고 하셨는데, 너희에게 말하는 걸 잊었네."

부모의 대책 없는 손님 접대에 길들여진 아이는 "OK" 하고 전화를 끊는다. 미안했지만 이미 엎질러진 물이다.

재미있는 것은 그렇게 자란 아이들이 결국은 모두 제 나름대로 우리가 했던 것들을 그대로 따라 한다는 것이었다. 큰아들은 좁은 아파트에서 살 때부터 친구들이 수시로 매트리스를 깔고 자고 갔다. 음식은 잘 못 해도 어디서 주문하는 건 잘 아는 아들 며느리는 주문 음식으로 파티도 곧잘 열었다. 들으니까 남의 아이 생일파티도 해준 것 같았다. 간이침대도 사놓았는데 무시로 묵고 가는 처남을 위한 것이었다. 하는 짓이 딱 우리가 하던 그 모양새이다.

음식도 잘하고 빵 굽는 걸 제대로 배우고 싶어 빵집에 취직까지 했던 딸아이는 바쁜 와중에도 금요일마다 친구들을 불러 먹였다. '금요일 영화 모임'이라는 명목으로.

딸의 대학원 졸업식에 참석하려고 보스턴에 올라갔더니 다음 날 친구 스무 명을 불러 브런치를 하기로 했으니 도와달라고 했다. 하도 작아서 조리대도 거의 없는 부엌 바닥에 앉아서 남편이 와플을 부쳤다. 그래도 상을 떡 벌어지게 차렸다.

본래 4차원인 딸내미는 친구들에게 면담 신청을 하라고 시켰다. 이름하여 '누가 나를 낳아주셨는지 와서 직접 만나라'는 브런치였기 때문이었다. 그냥 재밌자고 붙였지만 정말로 친구 중 몇은 우리를 만나러 왔다.

우리 부모님과 시부모님의 진한 유전자는 우리 집 짠돌이 막내에게까지 영향을 주었다. 어느 날 뜬금없이 막내가 우리에게 한 달에 한 번씩, 1년 동안만 고기를 보내줄 수 있냐고 물어왔다.

"누가 먹을 건데?"

내 질문에 친구들을 불러서 먹이겠단다. 짠돌이가 친구를 대접하다니…. 기특해서 고깃값을 보내줬다.

결혼한 둘째도 많이 변했다. 워싱턴D.C.에 살아서 드물게 방문하는데 처음엔 아침을 안 먹더니 이제는 주위에 있는 이모네까지 불러 근사한 아침을 대접할 줄 안다.

다들 준비된 호스트host가 되어가는데 반가운 현상이다. 손님 접대는 처음에나 두렵지 한 번 하기 시작하면 별거 아니라는 걸 알게 된다. 하면 할수록 쉬워지고, 하면 할수록 보람을 느끼는 게 손님 대접이다.

큰아들
깜짝
생일파티

　우리가 파리 여행에서 돌아온 다음 날, 딸아이가 큰오빠 깜짝 생일 파티를 열어주겠다며 보스턴에서 내려왔다. 시차 적응도 안 되었는데 오빠를 챙기는 마음이 예뻐서 아무 생각 없이 그러자고 했다. 사실 몸이 좀 힘들고 꾀가 나서 식당에서 음식을 거의 주문하리라 마음먹고 있었다. 그런데 식당에 전화했더니 문을 닫았다는 것이었다.

　이런! 집에서 스테이크만 구우려고 했는데 역시 일복 있는 사람은 어쩔 수 없는 건가…. 어차피 한두 가지는 내가 하려고 했으니 마음을 다잡고 몇 가지 더 늘려 상을 차리기로 했다.

　평소 같으면 이 조카 저 조카, 우리를 삼촌 이모라고 부르는 모든 조카를 불러 모았겠지만 팬데믹 이후론 아무래도 조금 조심스럽다. 그래서 최근에 시애틀에서 브루클린으로 이사 온 셋째 언니네 큰조카

캔디스가 평소 잘 못 보던 동부의 사촌들과 만날 수 있는 자리도 마련할 겸 직계 조카들만 불렀다. 어른 열 명에 큰아들네 손자 둘이라 코스요리로 메뉴를 짰다.

메뉴

전채: 난을 곁들인 후무스와 시저샐러드
주요리: 스테이크와 해산물 파스타, 뿌리채소 구이
후식: 케이크와 차

° 난을 곁들인 후무스

난과 후무스는 파는 것을 사용하는데 마늘 맛 후무스를 사서 푹 삶은 파스닙(서양방풍나물)을 으깨서 섞었다. 이러면 파는 것보다 덜 짜고 부드럽다. 전날 만들어놓고 다음 날 따뜻하게 데운다. 난도 따뜻하게 구워서 함께 낸다.

° 시저샐러드

로메인 상추보다 작은 아티잔 로메인을 김치 담글 때처럼 반으로 갈라 접시에 올린다. 빨강 노랑 피망을 얇게 썰어 곁들인다. 로메인의 연두색과 어울리면 아무 채소나 사용해도 된다. 맛있는 시저샐러드 드레싱을 듬뿍 얹고 구워낸 베이컨 부스러기를 뿌린다.

° 스테이크

스테이크는 고기가 중요한데 우리는 코스트코의 프라임 스테이크를 사용한다. 본래 식당보다 맛있게 구워 가족 모임에는 으레 큰아들이 스테이크를 담당했다. 이번에는 큰아들을 위한 깜짝파티라 내가 고기에 올리브 기름과 소금 후추로 밑간을 해두었다가 에어프라이어에서 굽는 쉬운 방식을 택했다.

° 해산물 파스타

맛있는 크림 상태의 수프를 사서 변형하면 좋다. 나는 코스트코에서 파는 바닷가재 수프를 많이 쓴다. 올리브 기름에 새우, 오징어, 조개 같은 좋아하는 해산물을 소금 후추로 간을 하며 볶는다. 수프를 넣고 소금간을 더해서 소스를 완성한다. 파스타 면은 먹기 직전에 삶아 소스에 넣고 잘 섞은 후 미리 다져놓은 파슬리와 파르메산 치즈를 뿌려 마무리한다.

° 뿌리채소 구이

내가 좋아하는 곁들임 요리이다. 감자, 당근, 사탕무, 파스닙 뿌리 등을 익는 데 걸리는 시간을 감안해서 보기 좋게 자른다. 그릇에 담고 크게 썬 마늘, 올리브 기름, 다진 로즈메리, 소금과 후추로 버무려 잘 섞는다. 섭씨 190도로 예열한 오븐에 굽는다. 감자 이외의 다른 채소는 좀 덜 익어도 괜찮다.

킴스기빙,
김 씨네 추수감사절

○

큰아이가 태어나고 얼마 되지 않았을 때, 남편이 문득 말을 꺼냈다.

"우리도 이제부터 추수감사절을 지내는 게 어떨까?"

아이들을 위해 전통을 만들어나가자는 것이었다. 나는 미국에 온 지 얼마 되지 않아서 추수감사절을 지내본 적이 없었다. 그야말로 말로만 듣던 명절이지만 남편은 몇 번 추수감사절 식사에 초대받은 경험이 있어 나보다 잘 알았다.

나는 아무것도 모르면서 추수감사절을 지내보기로 했다. 우선 부모님과 주변에 사는 친척들을 죄다 초대했는데, 시외가의 거의 모든 분이 이민을 오셔서 결국 우리 집 추수감사절에는 보통 삼사십 명 정도가 모여 식사를 하게 되었다.

준비를 해보니 추수감사절 상차림은 생각보다 쉬웠다. 메뉴의 절반은 그저 오븐에서 구워낸다고 해도 과장된 말이 아니었다. 훗날 집을 지을 때는 추수감사절을 위해 부엌에 오븐을 두 개 설치했다.

추수감사절 식사는 저녁 대신 점심에 했다. 저녁에는 다른 모임들이 많고, 집이 먼 친척들도 있어 점심이 편했다. 지금도 결혼한 조카들은 저녁엔 처가에 가더라도 점심에는 우리 집 추수감사절을 함께 지내려고 나타난다.

우리는 추수감사절을 땡스기빙Thanksgiving 대신 킴스기빙Kimsgiving이라고 부른다. 김 씨네 추수감사절이란 뜻인데, 수년 전 우리 집에서 추수감사절을 지낸 딸아이 친구가 붙여준 명칭이다.

내가 추수감사절 상을 차린 지 벌써 35년이 된다. 마침 큰아이가 우리 집에서 걸어서 10분 거리로 이사 왔기에 이제부터 '킴스기빙'을 큰아들네에게 물려주기로 했다. 걔들도 이미 두 아이의 부모이니 추수감사절 전통을 이어가야 할 것 아닌가. 우리와 달리 처음부터 추수감사절을 지내며 자랐으니 처음 몇 년만 음식 준비를 도와주면 잘할 것이다.

"올해는 우리 집에서 추수감사절 안 해도 되니 좋지?"

남편에게 물으니 뜻밖의 대답을 한다.

"아니, 조금 허전해. 그래도 사람들이 북적북적하는 게 좋잖아."

세상에, 못 말린다. 우리 집은 추수감사절이 아니더라도 허구한 날 손님들로 북적이는데 허전하다니!

파리,
나의 가난했던
유학 시절

○

　배고프고 가난했던 유학생 시절, 내게도 잠자리를 제공하고 맛있는 것을 먹여준 고마운 분들이 있었다. 그래서 나도 특별히 유학생들에게 마음이 쓰이나 보다.

　1980년에 파리에 도착해 처음엔 둘째 언니네 잠깐 얹혀살았다. 형부와 언니가 서울로 다시 돌아가게 되어 거처를 찾았는데 지금은 돌아가신 물방울 화가 김창열 선생님 댁과 인연이 닿았다. 프랑스 분과 결혼하신 선생님께서는 부인의 한국말 교습을 위해 한국 학생을 구하셨는데 그 자리를 내가 맡게 되었다. 일주일에 두세 번 한 시간 정도 한국말을 가르치는 대신 선생님 댁 건물 위 다락방에서 지낼 수 있었다.

　프랑스의 거의 모든 타운하우스가 그렇지만 맨 꼭대기 층은 예전에 하인들이 살던 방이다. 요즘은 주로 독립하고 싶은 틴에이저들 혹은 아기 보는 유모가 살거나, 작업실로 쓰이기도 한다.

선생님 댁은 파리에서 아주 좋은 구역인 6구에 있었다. 엘리베이터가 없는 맨 꼭대기 층인 것과 목욕 시설이 없다는 점만 빼면 나같이 가난한 유학생에게는 정말 좋은 숙소였다. 작은 화장실밖에 딸려 있지 않아 목욕은 수업이 끝나고 선생님 댁에서 해야 했지만 그다지 불편하다는 생각은 안 했다. 뤽상부르 공원이 바로 옆에 있어서 산책하기도 좋았고, 학교 가는 교통도 그리 나쁘지 않았다.

사모님은 김창열 선생님이 좋아하시는 한국 요리를 참 잘하셨다. 김치도 담그셨는데 김칫소로 당근 같은 잘 넣지 않는 채소를 쓰셨다. 그게 처음엔 낯설었지만 약간 우리 집 이북식 물김치같이 국물이 많고 시원해서 그대로 맛있었다. 당신도 가끔 김칫국물이 당긴다고 얘기할 만큼 김치를 좋아하셔서 떨어뜨리지 않고 담그셨다.

당시에는 한국 음식 재료를 파는 곳이 없었고, 중국 가게가 아니면 배추 구하기도 힘들었다. 둘째 언니는 배추김치 대신 양배추김치나 빨강무김치를 담그곤 했다. 한국 식당이라야 비싸고 별로 맛도 없는 곳 한두 군데뿐이었는데 김치를 더 달라면 돈을 받았다.

그래서 아주 가끔이었지만 사모님이 수업이 끝나고 "밥 먹고 가라"고 권하실 때는 그야말로 생일날 같았다. 완벽한 맛은 아니지만 한국 음식을 먹는 자체만으로 행복했다. 부모님을 떠나 가난한 유학생으로 살 때 누군가 먹여주는 밥 한 끼는 의미가 달랐다.

파리가 아름다운 도시이기도 했지만 젊을 때 그곳에 있다는 게 큰 행운 같았다. 파리에서는 아주 적은 돈으로도 갈 수 있는 데가 정말 많았다. 한 달 쓸 수 있는 유레일패스가 당시 100달러 정도였는데 이것만 있으면 유럽의 어디나 마음대로 돌아다니는 게 가능했다. 잠은 유스호스텔에서 잤는데 하루 1~2달러면 아침까지 먹을 수 있었다. 그야말로 공짜에 가까운 값이었다. 학생증만 있으면 모든 박물관이나 명소를 거의 그냥 들어가던, 살기 좋은 시절이었다.

한번은 브라질 친구 엘리사와 두 주 예정으로 집채만 한 배낭에 침낭과 옷가지를 챙겨 스페인 여행을 떠났다. 우린 미리 일정을 촘촘하게 짜진 않았다. 대충 큰 도시만 정하고 중간에 맘 내키는 곳에서 내려 구경하고 다시 떠나기로 했다.

그런 의미에서 기차역 짐 보관소는 우리에게 최적의 시설이었다. 잠도 주로 밤기차를 타면서 숙박비를 줄였다. 심지어 한 번은 기차역 광장에서 침낭을 펴고 잔 적도 있었다. 아침이 되니 밤새 이슬이 내려 습하고 추웠지만 우리 같은 학생이 수십명 널브러져 자기에 위험할 일은 없었다.

지금 생각하면 우리 딸은 절대 못 시킬 것 같은 낙후한 상황이었지만 그런 여행만이 줄 수 있는 낭만과 추억이 많았다. 더 귀한 건 거기서 얻은 값진 체험이었다.

두 주 만에 돌아온 우리는 그야말로 지치고 배고픈 노숙자를 닮아 있었다. 그도 그럴 것이 그동안 식당에서는 딱 한 번밖에 못 먹었고 주로 카페에서 파는 삶은 달걀이 우리의 단백질 보충의 전부였다. 나머지는 고작해야 간단한 샌드위치나 맨빵으로 때웠다.

스페인을 떠나 엑상프로방스로 들어올 무렵 지칠 대로 지친 우리는 그곳 대학에서 가르치고 계시던 형부 친구 순기 언니 댁에서 이틀 신세를 지게 되었다.

순기 언니는 나와 거의 띠동갑 위였는데 혼자 살고 계셨다. 시골 헛간을 개조한 집 앞에는 세잔이 몹시 사랑해 풍경화에 자주 그렸던 생트 빅투아르산이 떡하니 서 있었다. 세잔의 유명한 작품 〈생트 빅투아르산〉이 액자틀을 벗어던지고 내 앞에

은하수 속으로, Into the Milky Way, 60×50cm, Oil on canvas, 2021

‡ 프로방스의 여름 밤하늘은 표현할 수 없게 아름답다.
고흐의 〈별이 빛나는 밤에〉처럼, 남색 잉크를
풀어놓은 것 같은 하늘에 별들이 촘촘히 박혀 있다.
스무 살의 나는 쏟아져 내리는 별을 어찌할 수 없어
수건을 활짝 벌려 받았다.

서 있다니, 믿을 수 없는 풍경이었다. 우리는 판화 작가인 언니의 커다란 아틀리에 위 다락방에서 꿀잠을 잤다.

다음 날 아침, 언니가 멋진 밀짚모자를 쓰고 동네 빵집에서 바게트를 사오시던 모습이 눈에 선하다. 밝은 아침 햇살 아래 바구니에서 삐져나올 만큼 기다란 바게트를 들고 오시던 모습이 영화의 한 장면 같았다. 언니는 이름 모를 곡식이 잔뜩 들어간 샐러드를 해주셨는데 오래 허기졌던 우리에게는 당연히 꿀맛이었다.

인상 깊었던 것 중 하나는 언니네 집 뒤에 있는 노천 샤워였다. 처음에 언니가 거기서 샤워하라고 했을 때는 적잖게 당황했다.

"한번 해봐. 굉장히 좋을걸."

그런데 언니 말이 맞았다. 남프랑스의 뜨거운 태양 아래 생트 빅투아르산을 바라보며 한 샤워는 지금까지도 기억에 강하게 남은 특별한 경험이었다.

들판 한가운데 담장도 없는 집 마당에서 누가 지나갈까 살짝 불안해하면서 하던 샤워. 스무 살 순수했던 나이라서 더 스릴을 느꼈는지도 모르겠다. 훗날 그 추억을 떠올려 나도 바닷가 집에 노천 샤워를 만들었지만 정작 한두 번밖에 사용해본 적이 없다. 두 손자의 할머니가 된 지금은 그 감성이 사라진 때문일까?

5장

○ 친구를 갖는다는 건
또 하나의 인생을
경험하는 것

생각보다 이 세상에는
좋은 사람이 많다

○

어쩌다 보니 많은 사람과 어울리며 살아왔다. 그런데 내가 남보다 사교적인 사람이라고 생각해본 적은 별로 없다. 나보다 조금 더 낯을 가리는 남편 때문에 상대적으로 외향적으로 보일 수는 있다.

어렸을 때 나는 굉장히 내성적이고 겁이 많았다. 오죽하면 내 성격을 걱정하신 어머니가 초등학교 2학년 때 등을 떠밀어 걸스카우트에 보내셨을까. 하물며 아버지는 내가 너무 조용해서 있는지도 몰랐다고 하셨다는 말을 듣고는 살짝 슬퍼할 뻔했다. 내가 존재감 없는 아이 같았기 때문이었다.

그뿐 아니다. 우리 집에 같이 사는 아저씨들이 자꾸 나를 다리 밑에서 주워 왔다고 놀려서 정말 그런 건 아닐까, 심각하게 고민하던 시절이 있었다. 그걸 어떻게 아셨는지 하루는 어머니가 말씀하셨다.

"잘 생각해봐. 엄마가 네 위로 딸이 셋 있는데 아이를 주워다 길렀다면 또 딸을 데려왔겠니?"

듣고 보니 맞는 말이어서 결국 우리 부모님이 네 번째로 나를 낳으신 걸로 해결 봤다.

지금의 나를 보면 의아해할 만큼 이제 목소리 큰 아줌마가 된 지 오래이지만, 중학교 때까지만 해도 나는 얌전한 편에 속했다. 중간에 낀 아이들이 흔히 그렇듯이 나도 약간 '착한아이 증후군'이 있었던 것 같다. 위로 세 언니와 아래로 여동생 둘 사이에 끼어 있어 말 잘 듣는 아이가 되지 않으면 부모님의 관심을 받을 수 없을 것 같은 막연한 걱정을 했기 때문이 아닐까.

그래도 우리 여섯 자매의 가운데서 자랄 수 있었던 건 누가 뭐래도 행운이었다. 다들 어른이 된 지금 자매들은 천금을 준대도 바꿀 수 없는, 서로의 가장 든든한 보호막이자 삶을 나누는 반려자들이다.

아들만 둘 있는 집의 맏아들로 자란 남편은 나와는 다르게 자존감이 높은 편이다. 초등학교 때까지는 키도 학교에서 제일 크다시피 해서 동네에서도 골목대장이었다고 자랑한다. 중학교 1학년 때 미국에 온 뒤로 문화충격을 받아서 성장이 멈췄다는 근거 없는 소리를 하지만 말이다.

그렇다고 해서 남편이 외향적인 성격은 결코 아니다. 자기가 편한 사람들 앞에서는 말이 많아지지만, 모르는 사람을 만나는 일은 아주 힘들어하고 심지어 말이 없는 편에 속한다. 이런 우리가 집을 자주 개방하고 사람들을 끊임없이 먹이는 것은 어릴 때부터 받은 가정교육이 가장 큰 이유이다.

어머니는 우리가 나중에 하늘나라에 가면 남을 위해 베푼 물질들만 온전히 내 것으로 남는다고 귀에 딱지가 박히게 말씀하셨다. 남편도 자랄 때 세뇌될 만큼 듣던 말이 "밥값은 네가 내라"였다. 부자와는 거리가 멀었던 시아버님이 왜 그런 생각을 가지신 건지 지금도 이해되지 않는다.

한국 사람이 많지 않던 1970년대에 이민 온 사람들은 길 가다 한국 사람을 만나면 서로 전화번호를 교환하고 집에 초대하기도 했다고 한다. 내가 유학 중이던 1980년대 파리도 비슷했다. 지하철 같은 데서 한국 사람을 만나면 반가워서 말을 걸어도 이상할 게 없었다. 지금은 파리나 이곳 뉴욕에 한국 사람이 아주 많지만 우리는 서로 아는 척하지 않는다.

몇 해 전 서울에서 지하철을 탔을 때였다. 이제는 명실공히 외국인이라 옆에 앉은 젊은 여성에게 지리를 물어보았다. 그는 마침 자기도 같은 데서 갈아타니 데려가 주겠다고 했다. 하도 고마워서 가는 내내 이 얘기 저 얘기 나누다가 급기야 이메일 주소를 주고 말았다. 혹시 뉴욕에 오면 연락하시라고. 정말 기꺼이 재워줄 생각이었는데 아직 연락이 없다.

이런 내가 외향적인 건가? 내 생각엔 그냥 사람을 덜 두려워하고 잘 믿는 것일 뿐, 외향적인 사람은 아닌 것 같은데 말이다.

큰언니가 지하철에서 일어난 일을 듣더니 이제 서울에서는 생판 모르는 사람이 보이는 호의를 진정으로 받아들일 수 없을 만큼 불신의 벽이 높아진 것 같다고 했다. 그런데 계속 사람을 의심하면서 폐쇄적으로 살기보다는 무조건 믿고 사는 게 혹시 뒤통수를 맞더라도 낫지 않을까?

살아보니 생각보다 이 세상에는 좋은 사람이 많다. 무조건 믿어주면 때로는 내 등을 치려던 사람이 나도 모르게 친구의 자리에 서 있을 수도 있다.

우연이 아니라
운명이었다

○

이만큼 살고 보니 인연이란 게 정말 희한하다. 우연히 비행기 옆자리에 앉으셨던 아주머니와 30년 넘게 이어진 특별한 관계, 정작 내 데이트 상대도 아니었던 남편과 이어져 40년 동안 결혼생활을 해온 것…. 생각해보면 우리 인생은 이런 뜻밖의 인연들로 이루어졌는지도 모른다. 그래서 나는 낯선 곳을 여행할 때 아무에게나 서슴없이 말을 잘 건다.

사실 서울을 떠날 무렵만 해도 스무 살의 나는 그리 용감한 편은 아니었다. 그런데 타지에서 살면서 뭐든지 혼자 헤쳐 나가야 한다는 막연한 의식이 나를 조금 용감하게 만든 것 같다.

지금은 어떤지 몰라도 1980년대 초 유럽은 버스 노선을 물어보면 같이 가서 버스요금도 내줄 정도로 아직은 사람들이 친절했다. 기차역이나 공항 대합실에서 하룻밤을 지내도 그렇게 무섭거나 처량하지 않았다. 운이 좋아서 아무런 사고가 없었을 수도 있다. 하지만 그렇게 사람을 경계하지 않는 내 성격 때문에 살면서 수많은 귀한 인연을 맺을 수 있었다.

내가 이바 아주머니와 만난 것도 그야말로 우연이다.

1980년 3월, 미술대학 2학년을 마치고 둘째 언니 부부가 사는 프랑스 파리로 유학을 떠나게 되었다. 그때 공항에 배웅 나온 친구가 갑자기 우는 바람에 따라 울다가 훌쩍거리며 비행기를 탔던 게 기억난다.

내 바로 옆자리에 외국 아주머니가 앉으셨는데 고소공포증 때문에 창가 자리가 무서우시다며 혹시 바꿔줄 수 있는지 물으셨다. 나는 흔쾌히 자리를 바꿔드렸다. 서울에서 일본까지 가는 동안 아주머니와 나는 짧은 영어로 이야기를 주고받았다. 아주머니는 오스트리아, 아저씨는 독일분이었는데 아저씨의 60세 생일기념으로 세계일주 여행 중이라고 하셨다.

평소 혼자 여행하는 것을 좋아하시고, 여행을 최고의 공부로 여기셨던 아버지의 배려로 나의 일정도 서울-도쿄-하와이-로스앤젤레스-뉴욕을 거쳐 파리로 가게 돼 있었다. 우연찮게 아주머니의 단체관광 일정도 그와 비슷해서 우리는 도쿄에서 하와이까지의 비행편 역시 같았다. 나리타 공항에서 다시 만나자 아주머니는 무척 반가워하셨다.

도쿄에서는 방송사 주일 특파원인 형부를 따라간 사촌 언니 집에서 신세를 졌지만, 하와이에서는 그야말로 집 떠나서 처음으로 혼자 이틀을 지내야 했다. 지금 생각하면 난생처음 외국에 나가는 스무 살 딸을 덜렁 호텔에 묵게 하신 우리 아버지도 참 대단하시다. 아버지는 이 세상 모든 사람이 아버지처럼 혼자 낯선 곳을 여행하는 걸 좋아한다고 생각하셨던 게 분명했다.

어쨌든 그 아버지에 그 딸이었는지, 나도 그 경험이 나쁘지 않았다. 그래도 홀로 식당에 가는 건 내키지 않아 편의점에서 파는 진공포장 파인애플로 몇 끼를 때웠던 것 같다. 그때 어떻게 연락이 되었는지 기억나진 않으나, 이바 아주머니께서 단체관광 일정 중에 포함된 루아우 전통 디너쇼에 나를 데려가 주셨다.

로스앤젤레스로 가는 일정도 비슷해서 아저씨가 헬리콥터로 그랜드캐니언 구경을 가신 날, 혼자 남으신 아주머니는 나를 불러 차를 사주셨다. 휴대전화가 없던 시절이지만 그 시대엔 그 나름대로 만날 방법이 다 있었다.

로스앤젤레스를 떠나 뉴욕에 도착한 지 며칠 만에 아주머니께서 보내주신 편지를 받았다. 파리에 오면 한번 놀러 오라는 초대편지였다. 그러고 정말 파리에 도착한 지 얼마 안 되어 나는 아주머니가 보내주신 기차표로 독일의 아주머니 댁에 가게 되었다.

이바 아주머니는 하노버에서 한 시간쯤 떨어진 힐데스하임이라는 작고 예쁜 동네에 살았는데 파리에서는 침대차를 타고 밤새 가야 할 만큼 멀었다. 아주머니 덕분에 처음으로 일등 칸 침대차를 타보았는데 안에 세면대까지 있었다. 아침에는 승무원이 침대를 넓은 의자로 정리해주었다.

아주머니는 기차역에 흰색 벤츠를 타고 마중 나오셨다. 독일 사람들은 실용적이고 검소하다더니, 그 차를 20년 가까이 타셨다고 하셨다. 아주머니 댁은 자그마하지만 현대적이고 깔끔했다. 앞마당에 살구나무와 꽃나무들이 있었는데 매년 그 나무에서 딴 살구로 잼을 만드셨다.

파리에 3년 사는 동안 아주머니 댁에 서너 번 더 다니러 갔다. 빈 태생인 아주머니는 부활절과 크리스마스를 빈에 있는 아파트에서 지내셨는데 그곳에도 초대해주셨다.

내가 갈 때마다 아주머니는 정성껏 대접해주셨다. 오후 3시면 예외 없이 지키는 티타임을 위해 직접 치즈 케이크를 구우셨고 단골 차 가게에서 구입한 향이 좋은 차를 산딸기 무늬가 있는 웨지우드 찻잔에 따라주셨다. 후에 남편과 내가 빈을 방문했을 때 그 차를 한 봉지 선물로 주셨는데 향이 놀라우리만큼 오래도록 남아 있었다.

2차 세계대전 중에 결혼하신 두 분에게는 아이가 없었다. 아저씨는 작은 병원 건물을 가진 안과의사였는데, 은퇴 후 젊은 의사에게 건물을 임대하셨다. 아주머니를 처음 뵀을 때가 지금의 내 나이와 비슷하셨을 것이다. 그분은 그냥 비행기에서 옆에 앉았다는 인연으로 근 30년이 넘게 나를 보살펴주셨다.

1981년 12월, 서울에서 12.12 군사쿠데타가 일어났다. 나는 더는 부모님의 재정 지원을 받을 수 없게 되어 거취를 결정해야 했다.

아주머니께 서울로 돌아가야 할지도 모른다는 편지를 보냈는데 너무도 감사한 답장을 주셨다.

"아저씨와 내가 너의 재정후견인이 되기로 결정했단다."

하지만 그 도움을 받지는 않았다.

파리에서 힘든 시간을 보낸 후 1983년, 남편과 결혼하기 위해 뉴욕으로 떠났다. 결혼 후에도 나와 아주머니의 편지 왕래는 계속됐다. 나는 두세 번 큰아이 둘을 데리고 독일에 아주머니를 뵈러 갔는데 그럴 때마다 동네 친구댁에서 장난감을 빌려다 놓으셨고, 아이들을 친조부모처럼 귀여워해주셨다.

2000년, 아주머니와 만난 지 20년이 지난 해에 아주머니와 아저씨가 여든 살 기념여행으로 뉴욕에 오셨다. 당시 우리가 아이들 넷과 뉴저지의 제법 큰 집에서 사는 걸 보시고 무척 대견해하시는 눈치였다. 처음 아주머니를 만났을 때는 욕실도 없는 6층 다락방에 살면서 1프랑 20상팀짜리 커피 한 잔도 맘 놓고 마실 수 없는 가난한 유학생 처지였으니 왜 안 그러셨겠는가.

2006년에 두 분을 마지막으로 뵈었다. 월드컵 축구경기가 라이프치히에서 있었는데 경기가 끝난 후 들렀더니 우리를 배웅하시며 생전 처음 눈물을 흘리셨다.

"내가 너를 언제 또 볼 수 있을지 모르겠구나."

몇 년 뒤 아저씨가 돌아가시고 곧바로 아주머니도 따라가셨다. 그런데 나는 죄송하게도 아주머니가 돌아가신 사실을 모르고 있었다. 한동안 아주머니의 편지가 뜸했는데 나도 사는 게 바빠서 편지를 못 하고 걱정만 했다.

어느 날 독일어로 된 문서 한 통이 도착했다. 잘 이해할 수는 없었지만 어떤 항목에 내 이름과 주소가 명시되어 있었다. 짐작하건대 유언장인 것 같았다.

마침 독일에서 자란 친구가 있어서 번역을 부탁했다. 정말 아주머니가 남기신 유언장이었다. 거기엔 내 앞으로 팔찌, 반지 그리고 브로치 한 세트를 남기셨다는 내용이 들어 있었다. 내가 처음 아주머니를 만났을 때부터 항상 끼고 계시던 바로 그 팔찌였다.

어느 날 팔찌가 보이지 않기에 여쭈었더니 은행 개인금고에 넣어두셨다고 하시며 물어보셨다.

"왜, 그 팔찌 마음에 드니? 그럼 나중에 너 줄게."

웃으시며 하시는 말씀을 그냥 듣고 흘렸다. 말씀만이라도 기분이 좋았지만, 솔직히 까맣게 잊고 있었다. 진짜 유산으로 물려주실 줄은 몰랐다.

아주머니와 내 얘기를 듣고 사람들은 참 희한한 인연이라고들 한다. 내가 생각해도 믿을 수 없이 오랫동안 이어져온 관계였다. 그래서 내가 아주머니의 옆자리에 탔던 건 우연이 아니라 운명이었을지 모른다고 생각한다.

사람을 만난다는 건 그런 것이다. 우연이 운명이 되는 게 그런 것이다. 내 옆에 앉은 사람에게 마음을 열 때 기적이 가능해진다. 사람들은 흔히 모르는 사람을 경계한다. 모르는 사람과 대화하고 헤어질 때 연락처를 나누는 것을 이상한 일로 여긴다.

물론 이바 아주머니께 자녀가 있었으면 나를 집으로 초대하는 일은 없었을지도 모른다. 그러나 내가 도움이 필요할 때 아무 대가 없이 보살펴준 분들이 많다. 그래서 나는 이바 아주머니의 진심을 의심하지 않는다.

　이제 나도 남을 도울 시간과 여력이 있으니 주위를 보살피며 사는 게 맞다. 내가 특별하지 않았을 때 나를 특별하게 만들어주었던 그 많은 호의를 나는 또 다른 사람들에게 갚아야 한다.

국적은 상관없어,
마음을 기댈 수 있으면

○

　파리에 도착해 프랑스 어학원, 알리앙스 프랑세스에서 독일인 울르리케와 일본 여학생 아츠코를 만났다. 나보다 두세 살 위인 아츠코와 반대로 두세 살 어린 울르리케는 곧 함께 몰려다니는 단짝 친구가 되었다. 파리의 이방인으로 프랑스어를 빨리 배우고 싶었던 우리에게는 공통분모가 많았다. 무엇보다 젊고 가난했다.

　유럽의 학생들이 많이 하는 경험 중 하나가 오페어^{Au pair}인데 외국의 가정에 입주해 육아를 도와주며 용돈을 받아 생활하는 프로그램이다. 주중에는 아이들을 돌보고 여가와 주말이면 그 나라 문화를 배우고 관광도 할 수 있어서 인기가 있다. 울르리케와 아츠코 역시 오페어로 파리에 왔다.

아츠코는 딱 봐도 일본 사람이다. 전형적인 일본인 얼굴에 하는 행동거지도 무척 여자답고 조용한 편이다. 파리에 있는 먼 친척의 아이를 봐주러 왔다고 했다.

그때 내 몸에는 나도 모르게 반일감정이 새겨져 있어서 처음엔 아츠코와 은근히 거리를 두었던 것 같다. 일본인과 친구가 되면 우리나라를 배신하는 것이라는 말도 안 되는 부담을 갖고서. 그런데 어느 날 아츠코가 일본이 한국 사람에게 정말 잘못했고 반성해야 한다고 하는 말을 듣고는 모든 경계심을 풀었다. 아츠코는 생각이 제대로 된 친구라는 판단을 한 것이다.

아츠코는 부모님이 아주 늦게, 그야말로 삼신할머니에게 빌고 빌어 얻은 외동딸이다. 서울 우리 집에도 놀러 왔던 아츠코를 따라 나도 도쿄에서 한 시간쯤 떨어진 교외의 아츠코 부모님 댁에서 며칠 머문 적이 있었다.

아츠코의 어머니 토모코 상은 마음이 어린아이 같고 잘 웃는 분이었다. 몸이 허약해서 아츠코만 간신히 낳으셨는데, 남편 켄지 상이 아내를 평생 딸같이 돌봐온 덕에 손 하나 까딱 안 하고 공주처럼 사셨다고 했다. 식사 준비도 아버지가 도맡아 하셨는데 솜씨가 아주 좋으셨다. 집 화장실은 푸세식이었는데도 전혀 냄새나지 않고 깨끗하기가 이를 데 없었다.

나는 따뜻한 환대를 받으며 아츠코의 집에서 며칠을 지내면서 일본 사람에게 가졌던 선입견을 확실히 버리게 되었다. 나무로 만든 목욕탕에 몸을 담그고, 다다미방에서 잠들던 장면이 지금도 따뜻한 기억으로 남아 있다.

파리에서 헤어진 후 여러 해가 지나 다시 아츠코를 만났을 때 나는 아이가 셋 달린 엄마였다. 반면에 아츠코는 오래 동거하던 프랑스 남자친구가 자살한 충격으로 혼란스러운 나날을 보내고 있었다. 위로해주고 싶었으나 감정표현을 억제하는 데 탁월한 일본인의 특성대로 아츠코가 애써 아무렇지 않은 척하며 나를 대했기에 나 또한 섣불리 입을 뗄 수 없었다.

최근에는 울르리케를 통해 소식을 접했는데 아버지 켄지 상이 돌아가셔서 상심에 빠진 엄마를 돌보느라고 꼼짝 못 한다고 했다. 평생 부모님의 사랑받는 딸로 산 아츠코의 마음이 얼마나 아플까 싶다.

울르리케의 집은 파리에서 350킬로미터 정도 떨어진, 독일의 메르지그라는 작은 마을이다. 부모님은 방이 하나인 숙박업소를 운영하고 작은 식당에서 간단한 식사와 맥주 같은 걸 팔았다. 동네 농부들이 일 끝내고 맥주 한잔하고 가는 사랑방 같은 곳이다.

그곳이 얼마나 시골인가 하면 내가 울르리케 집에 왔다는 소

파리, Paris, 45×30cm, Watercolor, 2020

✝ 코로나 팬데믹으로 한동안 여행을 갈 수 없었다.
   파리를 그리워하는 남편의 생일에 파리 풍경을 그려
   선물했다. 우리가 자주 가는 일 생루이에서 바라본
   시테섬. 멀리 친한 친구 캐롤라인의 집도 보인다.

문이 나자 사람들이 동양 처녀를 보러 나타났다. 농부 아저씨들은 난생처음 보는 나에게 술 한 잔을 사주고 싶어 했다. 그때나 지금이나 술을 못 마시는 내가 곤란한 표정을 지으면 울르리케는 옆에서 비싼 코냑을 받으라고 알려준다. 나는 무슨 뜻인지 알아듣고 매상을 올려주려고 코냑 한 잔을 받고는 유일하게 할 줄 아는 독일어로 감사 인사를 했다.

울르리케의 어머니 마틸다는 정말 다정한 분이었지만 프랑스어나 영어를 한 마디도 못 하셨다. 하는 수 없이 내가 "맛있어요, 좋은 아침입니다, 피곤해요, 안녕히 주무세요" 같은 독일어 몇 마디를 배웠다. 다행히 울르리케의 큰언니와 오빠는 프랑스어를 곧잘 하셔서 큰 불편 없이 지낼 수 있었다.

다른 친구들같이 한국 가는 비행기 표를 살 여유가 없었던 나는 파리에 살던 둘째 언니와 형부가 서울로 돌아간 후부터 짧은 명절이나 휴가 때 울르리케의 집에서 며칠씩 지내곤 했다. 늘 식당에서 부모님 일을 돕던 착한 막내딸 울르리케처럼 나도 나서서 맥주를 뽑았다.

그러면서 우리가 흔히 갖는 차갑고 매사 분명할 것만 같은 독일 사람에 대한 선입견이 완전히 깨졌다. 그분들은 한결같이 다정했고 시골은 어디나 시골스러움이 있었다. 울르리케네 집에서 6개월 정도만 눌러살았으면 독일어가 많이 늘었을 것도 같다.

울르리케는 결혼에 두 번 실패하고 세 번째 만난 좋은 남편과 샤포 누아Chapeaux noir라는 호텔을 경영하고 있다. 일전에 남편과 이 호텔에 놀러 갔는데 아주 깨끗하고 아담했다. 아침 뷔페에는 음식 솜씨 좋은 울르리케가 만든 수제 요구르트와 잼이 올라온다.

딸아이가 여행길에 친구와 한 이틀 자고 가게 되어 200유로를 들려 보냈는데 극구 받지 않았다고 했다. 오래전 울르리케가 오빠 언니들과 우리 뉴저지 집에서 며칠 자고 간 것을 빚으로 여겼나 보다.

몇 년 전부터 파리에 자주 가면서 울르리케와의 만남도 잦아졌다. 젊음 하나로 무조건 예뻤던 우리가 40년 세월을 통과하며 할머니가 됐지만, 파리에서의 추억만큼은 박제된 채 그대로이다.

우리 생에 남은 시간이 많지 않다. 기회 있을 때마다 자주 보고 싶다. 세월이 어마어마하게 빨리 간다.

로맨틱 홀리데이,
집 바꿔 여행하기

○

　몇 년 전에 우연히 집 바꾸기 사이트 Homeexchange.com를 알게 되었다. 영화 〈로맨틱 홀리데이〉에 나오는 것처럼, 여행할 때 서로 집이나 방을 바꿔 사용하는 것이다. 세계 각국의 사람들이 회원인데 사이트에 자기 집을 소개하고 가고 싶은 도시와 원하는 날짜를 올려놓으면 연락이 온다. 맞선 보는 자리 같기도 하고, 물물교환 같기도 하다.

　나도 이 사이트에 가입하고 한 일 년 동안 네댓 번 집을 바꿀 기회가 있었는데, 두 번은 별로였지만 나머지 두 번은 그로 인해 좋은 친구를 사귀게 되었다.

　집을 바꾸다 친구가 된 스페인 톨레도에 사는 마르가리타, 그가 뉴욕에 오고 싶어 하는 것을 처음 알았을 때 나는 마음이 설렜다. 마드리드에서 40분쯤 떨어진 톨레도는 1980년에 친구와 두 주 동안 배낭여행할 때 들렀던 인상 깊은 중세도시 중 하나이다.

그때 우리는 언덕에서 내려다보이는 아름다운 성이 설마 우리가 묵을 유스호스텔일 줄은 꿈에도 상상 못 했다. 고성을 개조해 젊은 여행객들의 숙소로 사용하고 있었는데 요즘 돈 5달러 정도로 하룻밤 자고 간단한 아침까지 먹을 수 있었다. 그런 추억 때문에 나는 마르가리타와 집을 바꾸기로 했고, 그녀가 먼저 우리 집에 왔다.

40대 초반의 예쁘장한 마르가리타는 남자친구 호세와 두 주 동안 머물렀다. 우리가 빌려준 방은 출입구가 따로 있어서 서로 만날 일이 거의 없지만, 우리는 아침을 차려서 마르가리타를 초대했다.

역시 사람은 먹으면서 사귀는 게 최고이다. 스페인 사람들은 대개 친절한 편인데 이 친구가 다정한 성격이라는 것은 만나고 딱 5분 만에 알 수 있었다. 남자친구도 성격이 좋아 정말 나무랄 데 없는 손님이었다.

같이 있는 동안 두세 번 더 아침 식사에 초대했다. 우리에게는 그저 식탁에 포크와 나이프만 하나씩 더 놓으면 되는 거지만, 여행 온 친구들한테는 도움이 되었을 것 같다. 일정이 다 끝나 공항 가는 택시를 불렀을 때 마르가리타가 말했다.

"Now you have a house in Spain!"

(이제 너도 스페인에 집이 있어!)

마르가리타의 말대로 그해 여름에 딸아이가 친구 두 명과 톨레도에 가서 마르가리타네 아파트에서 며칠간 신세를 졌다. 마르가리타는 스페인 여행에 필요한 정보를 꼼꼼히 조언해주고 마드리드 관광을 위해 출퇴근길에 차로 데려가고 데려오기도 해주었다.

나는 동행하지 않았지만, 딸아이의 보고를 들으니 40년 전의 톨레도 모습이 생생히 떠올랐다. 꼬불꼬불한 중세 돌길을 따라 올라가는 언덕길의 예쁜 가게들, 식당과 카페 그리고 곳곳에 성당이 있는 그림 같은 동네였다. 따가운 태양에 눈이 부시고 더웠지만, 돌로 지은 건물에 들어서면 금방 서늘해졌던 기억도 있다. 나는 후에 남편과 남프랑스를 여행할 때 들러 그리웠던 톨레도를 다시 돌아보았다.

그 이후에도 마르가리타는 다시 두 주간 우리 집에 왔다. 그때는 우리 바닷가 집에도 며칠 같이 가고, 딸아이가 있는 보스턴에도 함께 다녀왔다. 마르가리타는 작년 8월에도 다시 우리 집에서 열흘간 머문다고 했으나 코로나19 때문에 오지 못했다. 자주 온다는 생각이 살짝 들기도 하지만, 언제 봐도 즐거운 그녀를 반기지 않을 수 없다.

마르가리타가 언제 한번 이탈리아 움브리아 지방에 사는 토티 아저씨 댁에 놀러 가자는 말을 가끔 꺼냈는데 마침내 같이 가게 되었다.

아저씨 댁이 있는 페루자는 동네 한복판에 A.D. 200년에 만들어진 우물이 있을 만큼 유서 깊은 곳이다. 사람들은 주로 페루지나 초콜릿으로 이 동네를 알고 있으나 그것 말고도 볼거리가 많다.

토티 아저씨 댁은 페루자 시내가 내려다보이는 언덕에 있었다. 아저씨는 우리를 반갑게 맞아주셨는데 그간 마르가리타가 하도 우리 이야기를 해서 만나고 싶었던 것 같았다. 그러나 안타깝게도 내 이탈리아어 실력은 너무 짧았고 아저씨의 영어 실력은 더 짧아 처음엔 소통하기 어려웠다. 그래도 구글 번역기를 통해 대충 인사도 하고 나름대로 대화도 시도해보았다.

그렇게 하루이틀 지나자 우리는 아저씨가 그냥 이탈리아어로 얘기하셔도 대충 눈치로 알아차렸다. 아주 옛날옛적에 그랬던 것처럼 사람끼리니까 통한 건지도 모른다. 짧게나마 배웠던 이탈리아어를 다음엔 좀 더 공부하고 오리라 다짐하기도 했다.

아저씨 댁에 머무는 동안 우리는 부엌에서 아저씨와 친구들이 음식하는 광경을 자주 보았다. 우리도 초대받아 함께 먹었는데 아저씨는 거의 매일 친구들과 먹고 마시고 식후엔 노래방까지 여셨다. 치과의사였던 아저씨는 은퇴하셨는데 신경외과 의사인 부인이 몇 년 전 갑자기 돌아가신 뒤로 더 자주 친구들과 모인다고 하셨다. 들어보니 대부분 유치원 친구였다.

아저씨는 페루자가 최고급 식재료인 송로버섯의 본고장인데 11월에 오면 숲에 버섯을 따러 가자고 말씀하셨다. 우리는 떠나기 전에 토티 아저씨네 식구 다섯 명을 초대해 동네 식당에서 저녁을 대접했다.

닷새를 신세 지고 떠날 때 우리를 기차역까지 태워주신 아저씨는 굳이 승강장까지 따라오셨다. 만난 지 일주일도 채 안 된 우리에게 작별인사를 하시며 울먹울먹하셨다. 아직도 아주머니가 떠나신 자리가 허해서 그러셨나? 떠나는 발길이 가볍지 않았다.

뉴욕에 꼭 다녀가시라고 했는데 팬데믹이 덮쳤다. 그래도 언젠가 한 번은 오시겠지. 그때는 아저씨가 우리에게 하셨듯, 정성을 다해 따뜻하게 모시고 싶다.

지금도 우리에게는 '페루자'라는 단체 문자방이 있다. 남편이 뉴욕에 오자마자 만들었는데 거기엔 토티 아저씨와 친구 피에로, 우리가 있을 땐 토티 아저씨와 그냥 친구이다가 요즘 연인이 되셨다는 가브리엘라 아줌마, 아저씨의 유치원 동창 산부인과 의사 마릴라 아줌마 그리고 마르가리타와 우리 부부가 있다.

아저씨와 유치원 친구들은 지금도 뻑하면 여행을 다니시며 사진을 올리신다. 나이 들면 우리도 그렇게 살고 싶다. 유치원 친구들이랑 오래오래 변함없는 친구로 살아간다는 게 얼마나 멋진 일인가. 참 부럽다.

친구가 꼭 나와 같은 언어를 써야만 할까? 가끔은 지구 반대편에 사는 다른 문화를 가진 사람들과 친구가 되는 것도 좋은 일이다. 마음만 열면 우리의 여생은 지루할 틈이 없을 것이다.

좋은 사람과의
행복한 식사가
천국 아닐까

○

살다 보면 가끔 나와 같은 생각을 하는 사람을 만날 때가 있
다. 처음 만난 사람에게 거리를 두기보다 먼저 마음을 열고 관
심을 가지는 사람 말이다.

딸이 대학을 졸업하던 해에 우리 딸과 딸의 친한 친구 캐시
를 데리고 파리에서 남쪽으로 여행을 떠났다. 6월 말이라 날씨
가 좋았고 파란 하늘에 둥둥 떠다니는 뭉게구름이 인상파 화가
의 풍경화를 보는 것 같았다.

리용으로 가는 길에 우리가 예약한 숙소에 차질이 생겨 딸아
이가 급하게 숙소를 찾았는데 리용에서 한 시간쯤 떨어진 시골
이었다. 예약 사이트에 '영어를 못 하는 주인'이라고 돼 있었지
만 내가 프랑스어를 할 수 있기에 걱정 없이 예약했다.

꼬불꼬불한 길을 따라 찾아간 곳은 옛날 헛간을 개조한 돌집이었는데 잘 고쳐서 나름대로 운치가 있었다. 집 안도 아주 깨끗하고 현대식으로 편하게 되어 있었다.

집주인 장 피에르 아저씨는 우리를 반갑게 맞아주셨다. 아저씨는 식당 기기를 파는 일을 하시다가 은퇴하셨다고 했다. 아주머니는 아직 회계사로 일하시는데 퇴근 전이었다. 우리가 이층의 깨끗한 방 두 개를 안내받고 내려오자 아저씨는 손수 가꾸시는 텃밭에 데려가 이것저것 보여주셨다. 4인 하룻밤 숙박료가 아침 포함 15만 원 정도이니 보나마나 생활에 보태시려는 게 아니라 다양한 사람을 만나려고 하시는 것 같았다.

도착한 때가 늦은 오후였는데 근처에 식당도 변변히 없어 보여서 우리는 간단한 저녁거리를 사려고 나섰다. 그런데 아저씨가 우리를 붙들어 세우시더니 말씀하셨다.

"뭐 변변한 건 없지만 그냥 우리 먹는 거 같이 먹으면 어떨까?"

"물론 좋죠!"

그래서 우리는 저녁거리 대신 포도주와 케이크를 사 들고 돌아왔다. 덩굴로 덮인 정자 밑에 여느 좋은 식당 못지않은 분위기를 자아내는 야외용 식탁이 차려져 있었다. 식당 관계 일을 하셔서 그런가, 아저씨의 요리 솜씨는 수준급이었다. 텃밭에서 갓 뽑은 채소로 만든 샐러드, 프로슈토와 멜론, 바게트와 통조림 고등어가 전부였지만, 아저씨의 입담에 끝내주는 날씨를 곁들이니 잊을 수 없는 만찬이 되었다.

식사 후 이런저런 이야기를 나누었는데 아저씨가 조르주 무스타키George Moustaki 이름을 꺼냈다. 내가 제일 좋아하는 가수 중 하나였다. 우리는 즉석에서 무반주 노래방을 열었다. 다행히 내가 가사를 외울 수 있는 몇 안 되는 노래들이어서 취하지도 않은 맨정신에 여러 곡을 같이 불렀다.

세상에! 처음 만나 노래까지 부르는 일이 얼마나 있을까? 우리는 그만큼 급속히 가까워졌다.

다음 날 아침, 아저씨는 예상대로 기가 막힌 아침상을 준비하셨다. 맛있는 크로와상과 바게트는 동네 빵집에서 갓 구운 걸 사오셨고, 집에서 딴 과일로 만든 네댓 가지 잼과 친구한테 받았다는 양봉 꿀, 요구르트와 과일들이 우리를 기다리고 있었다.

좋은 사람들과 이렇게 행복한 아침 식사 자리에 앉으면 나는 이런 게 천국 풍경이 아닐까 하는 생각이 들곤 한다.

식사 후 우리는 떨어지지 않는 발길을 돌려 아저씨와 헤어졌다. 단 하루였지만 정이 깊이 들었다. 우리가 떠난 지 얼마 되지 않아 아저씨가 문자를 보내셨다.

"너희가 떠나니까 벌써 보고 싶다."

딱 하룻밤 묵었는데 아저씨도 만리장성을 쌓은 것 같은가 보다. 미국에 꼭 한번 놀러 오시라고 초대했으나 별로 관심이 없어 보였다. 아저씨가 지나가는 말로 미국 사람들은 일벌레들이고 인생을 제대로 살 줄 모르는 인종 같다고 하셨는데, 뭐 그리 틀린 말도 아니다. 매년 7, 8월이면 누구나 한 달 정도는 뒤도 안 돌아보고 짐 싸서 휴가를 떠나버리는 프랑스 문화를 생각하면 정말 그렇게 말할 만도 하다.

남편이 40대 초반에 잘되는 사업을 접고 은퇴했을 때 주변에서 부러워하는 분들이 있었다. 그런데 그분들 중에 몇은 그때 은퇴해도 생활에 큰 지장이 없는 형편이었다. 다만 용기를 못 내었을 뿐이었다. 원해서 오래 일하는 건 좋지만, 너무 늦기 전에 시간 여유를 가져보는 것도 괜찮은 것 같다.

장 피에르 아저씨처럼 새로운 사람들을 만나고 인생의 폭을 넓히며 사는 것도 그중 한 방법이 될 수 있겠다.

지혜의 뿌리를
찾아서

○

　미국에서는 집을 사고팔 때 변호사가 서류를 작성한다. 그런데 프랑스에서는 부동산 매매 서류를 공증인이 만든다. 줄리 고티에는 남 프랑스 시골 투르젤에 집을 사면서 만난 공증인이다. 처음 통화하던 날 한국말로 "안녕하세요?"라고 해서 깜짝 놀랐다. 알고 보니 줄리의 열여섯 살 딸 소피아 때문에 한국에 관심을 갖게 되었고, 지금은 한국 학교에서 취미로 한국말을 배우고 있다고 한다.

　프랑스에서 부동산을 사려면 적어도 3개월은 걸린다. 서류가 거의 다 준비될 무렵 하루는 줄리가 내게 부탁을 해왔다. 어릴 때 서울에서 네덜란드로 입양된 친한 친구가 있는데 친부모 찾는 것을 도와줄 수 있냐는 거였다. 나는 당연히 있는 힘을 다해 돕겠다고 대답했다. 본래 나는 입양인을 만날 때마다 안 쓰럽고 괜히 빚진 자의 마음이 되곤 했다. 우리가 도외시한 아이들을 기꺼이 자녀로 삼아준 외국 부모들이 고마웠고, 외국으로 간 아이들을 뒤늦게라도 보호해주지 않는 우리나라가 무책임한 것 같아 화가 나곤 했다.

입양아는 아무리 좋은 가정에서 성장해도 어쩔 수 없이 가슴에 빈자리를 느낀다고 한다. 18개월에 네덜란드로 입양된 지혜도 마찬가지이다. 한국을 떠난 지 40년이 지났고 열 살짜리 딸의 엄마이지만 혹시나 자신의 아기 시절과 뿌리를 찾을 수 있을까, 실낱같은 희망을 붙잡고 친부모 찾기에 나섰다.

그런데 그게 만만치 않았다. 이미 2005년에 한국에 가서 무작정 자기가 맡겨졌던 보육원을 물어물어 찾아갔는데 무슨 이유인지 서류에 있는 내용을 공유할 수 없다고 해 그냥 돌아왔다고 한다. 한국을 전혀 모르는 스물세 살의 외국인이 우리나라에서 며칠 만에 부모를 찾는 건 역부족이었을 것이다. 그러나 지혜는 16년 동안 묻어두었던 상처를 딛고 다시 부모 찾기에 나섰다.

입양되자마자 양부모가 이름을 킴Kim이라고 바꿔주었지만, 갖고 있는 서류를 보니 한국 이름이 있었다.

박지혜.

1982년 2월 19일생으로 두 살 위의 오빠와 어머니 아버지 이름도 적혀 있었다. 상고머리에 노란 원피스를 입은 가무잡잡한 18개월 여자아이의 사진은 보기만 해도 가슴 한편이 시렸다.

그사이 나는 서울의 큰언니와 사촌 시누님께 친부모 찾는 절차를 알아봐 달라고 부탁했다. 그런데 두 분 다 본인이 아니라 아무 정보도 얻을 수 없었다. 할 수 없이 한국말이 서툰 지혜를 만나 함께 서울에 전화를 걸기로 했다. 여러 번의 메일과 문자를 주고받은 끝에 나와 지혜는 설레는 마음으로 첫 만남을 기다렸다.

우리가 처음 만났을 때 나와 남편은 "지혜"라고 불러주었다. 그렇게 예쁜 이름이 있는데 그간 아무도 불러주지 않았다니…. 우리는 사흘 동안 매일 만나며 서로에 대해 많이 알게 되었다. 안타깝게도 지혜는 양아버지가 성격이 괴팍하고 난폭해서 스무 살 때 무일푼으로 거의 도망치다시피 프랑스로 왔고, 어머니가 돌아가시기 전까지 숨어 살았다고 했다. 다행히 좋은 남편을 만나 예쁜 딸을 낳고 10년을 살았지만, 5년 전에 독립해 삶을 개척하고 있는 이야기 등, 결코 평탄하지 않았던 세월을 담담히 들려주었다. 그래도 지혜는 길러주신 부모님께 감사한다고 했다.

지혜는 감기가 채 끝나지 않아 간간이 기침하는 나를 막무가내로 약국에 데리고 가 목 사탕과 감기약을 사서 들려주었다. 동네 장터에서 무심코 반지를 끼어보고 예쁘다고 한마디 했더니 나 몰래 슬그머니 사서 차에 타자마자 '선물'이라며 건네기도 했다.

아! 이렇게 다정할 수가….

비록 5유로짜리 반지였지만 그의 섬세한 마음 씀씀이가 나를 감동시켰다.

지혜를 소개한 공증인 줄리 역시 믿을 수 없을 만큼 마음이 따뜻했다. 처음 지혜와 점심을 먹기로 한 날, 줄리의 사무실 앞에 있는 예약이 힘든 맛집에서 만났다. 해산물도 안 먹는 완전 채식주의자인 줄리가 문어, 오징어, 홍합, 성게 요리와 채소 요리 세 가지를 시켜서 남편과 나는 생각잖은 과식을 하게 되었다. 배부르다는데 디저트도 세 가지나 시켜서 정말 배가 터지는 줄 알았다.

남편이 잽싸게 영수증을 낚아채고 웨이터에게 카드를 주자 줄리가 거의 화난 표정으로 웨이터를 나무라기 시작했다.

"내가 주인을 아주 잘 아는데 손님이 밥값을 내면 다시는 안 온다고 할 거예요!"

당황한 웨이터가 말했다.

"그럼 어떻게 할까요?"

"내가 나가면서 내면 됩니다."

줄리는 강력한 어조로 말했다.

결국 우리는 점심을 대접받고 다음에 뉴욕에 오면 신세를 갚기로 했다.

세상에! 이 사람이 진짜 프랑스 사람이 맞나 싶었다. 줄리를 언니라고 부를 만큼 가까이 지내는 지혜도 줄리의 얼굴이 그렇게 무섭게 변하는 건 생전 처음 봤다고 했다.

우리가 파리로 돌아가자마자 지혜에게서 소식이 왔다. 마침 내 생일이었는데 바로 그날 서울에서 친아버지를 찾았다는 이메일을 받았다고 한다. 거의 자정이 다 되어 보내온 문자는 이랬다.

"아직 생일이 지나려면 몇 분 남았네요. 생일 축하드립니다. 오늘은 내게도 무척 특별한 날이 될 것 같아요. 서울에서 아버지를 찾았다고 연락이 왔습니다. 안타깝게도 엄마와 오빠는 정보가 부족해서 찾을 수 없답니다. 너무 울어서 이제는 좀 자야겠습니다. 내일 전화드릴게요."

지혜의 소식은 내가 받은 최고의 생일선물이 되었다. 아버지를 찾았다니 참 잘됐다고 문자를 보냈으나 한편으로는 앞으로 지혜에게 닥칠 일들이 조금 걱정되었다. 지나친 오지랖이겠지만, 왠지 지혜가 아버지와 첫 상봉을 할 때 옆에서 손이라도 잡아주고 정말 좋은 분인지 확인하고 싶다는 생각이 스쳤다.

뉴욕으로 돌아오는 비행기에 탑승하자마자 지혜의 문자가 왔다.

"이모, Safe Flight!"

지혜는 '이모'를 한글로 썼다.

"이모, 조심해서 돌아가세요!"

그냥 울컥했다.

마음에 쏙 들어 더 놀라는
투르젤의 시골집

○

　우리가 어떻게 프랑스의 그 작은 동네 투르젤에 집을 사게 되었는지 지금 생각하면 희한하다. 그냥 운이 좋았다고밖에는 할 말이 없다.

　모든 지구인이 방에 갇혀 지내는 동안, 남편의 친한 후배가 전화를 해왔다. 그 역시 일찍 은퇴해서 같이 여행하던 친구인데 이탈리아 시골에 허름한 돌집이나 하나 사서 같이 고쳐보자고 했다. 그는 워낙 손재주가 좋아서 웬만한 집수리는 혼자 할 수 있을 정도이다. 무조건 오케이하고 토스카나 지역에서 집을 찾기 시작했는데 어쩌다 보니 이탈리아가 아닌 프랑스 남쪽, 스페인 국경에서 가까운 투르젤에 집을 사게 되었다.

　집을 직접 본 것은 아니고, 웹사이트의 소개만 보고 샀으니 꽤 모험적인 거래였다. 투르젤은 작은 시골 마을이지만 내가 파리 다음으로 좋아하는 도시 바르셀로나가 기차로 두 시간 거리라는 점이 마음에 들었다. 또 가구를 몽땅 끼워 판다는 점이 좋아서 비디오만 보고 집을 계약해버렸다.

집값은 상당히 쌌다. 서울 사람들이 외곽에 작은 전세 아파트를 얻을 정도의 금액도 못 된다. 그것도 또 다른 후배까지 세 명이 공동으로 사니 큰돈이 들지 않았다. 나중에 알고 보니 집값이 남 프랑스의 다른 지역보다 저렴해서 영국과 파리에 사는 사람들이 이곳에 집을 사서 별장처럼 쓰고 있었다.

처음 집을 보러 간 날은 적지 않게 긴장이 되었다. 영상에서 본 것과 너무 다르면 어쩌나, 동네가 썰렁하면 어쩌나, 뒤늦게 걱정되었다. 다행히 집은 사진과 많이 다르지 않았다. 오히려 꽤 잘 지은 집이라는 느낌이 들었다. 고가구들도 좋을뿐더러 너무 많아서 조금 덜어냈으면 싶을 정도였다.

그보다 더 좋았던 건 이 집이 있는 동네였다. 500가구도 채 안 되는 작은 마을이라 변변한 식당이나 가게는 없었다. 아침 7시 30분에 근처 마을에 딱 하나 있는 카페로 빵 배달이 오는데, 그것도 전날 주문해야 살 수 있었다. 프랑스 사람조차 마을 이름을 처음 들어본다고 할 만큼 깡촌이라는 점이 마음에 들었다. 그만큼 이 동네 자연과 사람들이 문명의 손을 덜 탔을 것 같다는 기대를 갖게 했다.

그런데 뜻밖에 이 작은 마을에 와이너리가 네 개나 있다. 알고 보니 이곳은 랑그독 루시용Languedoc-Roussillon이라는, 옛날부터 프랑스에서 포도주를 제일 많이 생산하는 지역이다. 그래서 동네를 나서면 주변이 모두 포도밭이다.

우리 집 앞에서 시작해 여러 마을을 돌아 다시 집 앞에서 끝나는 10킬로미터 둘레길은 환상 그 자체였다. 동네에서 30~40분 거리에는 좀 더 크고 아름다운 중세 마을들이 둘러서 있다.

우리가 동네 사람을 만나 인사를 나눌 때마다 거의 매번 받는 질문이 있었다.

"어떻게 이 동네로 오게 되었나요?"

아무 사전 정보 없이 인터넷을 뒤지다 찾았다고 하면 다들 놀랐다.

투르젤 집은 후배네가 말하기 전까진 꿈도 꾸지 않았던, 선물 같은 집이다. 생각지도 않았는데 갑자기 받은 선물, 기대하지 않고 풀었는데 마음에 쏙 들어 더 놀라는 그런 선물.

우리 집은 옛날에 일곱 아이를 가진 아저씨가 집 여덟 채를 지어서 하나씩 나누어주고 함께 모여 살았다는 르 솔le sol 중 하나이다. 그래서 앞마당은 공동명의이다.

아침에 일어나 대문을 열고 나서면 넓은 마당 위로 햇빛이

쏟아져 내린다. 발밑이 흙바닥이어서 우리 어릴 때 놀던 골목 같다. 거기서 잠시 타임머신을 타고 아저씨가 살던 때로 돌아가 여덟 가족이 나누는 따뜻한 삶을 느껴본다.

처음 투르젤에 답사차 갔을 때는 우리 집 뒤에 있는 민박집에 묵었다. 주인 웬디는 나보다 서너 살 위인 영국 사람이다. 영국보다 해가 많고 여름이 길어서 이곳으로 이사 와 은퇴한 남편과 2년 전에 민박을 시작했다고 한다.

우리 집 건너편에는 시청 물품 창고가 있는데 도착 이튿날 웬 남자가 불쑥 말을 걸어왔다.

"이사 왔다고 하던데 혹시 쓰레기 봉지는 받았나요?"

그의 이름은 이반, 시청에서 30년 넘게 일하고 있다. 그는 필요 없는 가구의 처리 방법 등, 생활에 필요한 정보를 알려주었다. 아닌 게 아니라, 오래 비어 있던 집이라 손 보고 처리할 일이 많았는데 큰 도움이 되었다. 오랜만에 그간 잊고 살았던 시골 인심을 느껴 마음이 훈훈했다.

떠나기 전날, 처음으로 동네 카페에 구경을 갔다. 테이블 서너 개가 있는 조그만 카페에 사람들이 일고여덟 명 앉아 있었다. 가까이 가니 그중 세 명이 벌써 아는 사람이었다. 둘은 웬디와 그 남편 사이먼이고 또 한 명은 이반.

페스티아노 와이너리, Festiano winery, 45×30cm, Watercolor, 2021

✝ 투르젤의 우리 집 근처에 페스티아노라는
  포도주 양조장이 있다. 옆집 아주머니의 아들이
  주인인데 우리가 처음 다니러 갔을 때 문 앞에
  와인 한 병을 두고 갔다. 환영한다는 인사말과 함께.

뜻밖에 그곳에서 만나니 어찌나 반갑던지…. 그들은 우리를 나머지 동네 사람들에게 소개했다.

"이쪽은 사바티에 아저씨 집을 산 제이와 순빈인데 뉴욕에 산대요."

프랑스 할머니 갤랑드는 초면에 본인은 이혼해서 혼자 살고 있다며 세세한 가정사를 털어놓았다. 그러고는 지나가던 친구 프레드 부부를 소리쳐 부르더니 우리를 소개했다. 프레드 역시 파리에 살면서 여기에 시골집을 가지고 있었다.

우리가 자리에 앉자마자 이반이 백포도주 한 잔을 사주었고, 조금 있다가 영국 부부 데이비드와 발레리가 또 한 잔을 사주었다. 값은 한 잔에 1.5유로, 한국 돈 2,000원 정도이지만 처음 보는 사람한테 그런 대접을 받아본 게 언제였나 싶었다. 그 옛날, 한국에서 길 가던 나그네에게 베풀던 온정을 프랑스 시골에서 느끼다니…. 정이 퇴색해버린 세상에서 늘 헛헛하던 마음이 치유받는 기분이었다.

자리에서 일어나기 전에 갤랑드 할머니가 이메일 주소를 물었다. 다음에 올 때 미리 알려주면 사람들을 좀 더 모아서 소개하겠다고.

그 후 집에 도배와 페인트칠을 새로 하고 필요한 물품을 장만하기 위해 몇 번 더 갔다. 그러면서 투르젤이 50년 전쯤에 시간이 멈춰 버린 곳은 아닌가 하는 상상을 했다. 그곳에서 돌아오면 사람을 경계하지 않고 마음의 문을 열고 사는 투르젤 사람들의 인심이 그리워진다. 둘레길을 걸으며 탐스러운 포도송이를 살짝 서리(?)하던 일, 야생 무화과를 따 먹던 일, 멀리 산등성이 너머로 보이던 믿을 수 없이 아름다운 하늘도.

그런데 그보다 더 기대되는 건 그곳에 사는 이웃들이다. 다음엔 또 얼마나 좋은 사람들을 만나게 될까.

김치식당 주인,
은영의 슬픈 노래

。

투르젤 시골집에서 주변을 탐색하던 중에 놀랍게도 2~3킬로미터 떨어진 동네 레지냥 코르비에에서 김치^{Kimchi}라는 한국 식당을 발견했다. 처음 식당 문을 열고 들어섰을 때는 잘못 찾은 줄 알았다. 손님은 전부 프랑스 사람이었고 카운터에도 웬 서양 남자가 서 있었다. 게다가 테이블에는 젓가락도 놓여 있지 않았다. 그런데 주방 쪽을 보니 한국 아주머니가 계신 것 같아 일단 주문하고 주방에 인사하러 갔다. 내가 한국말로 인사하자 손을 저어 한국말을 못 한다며 잠깐 들어오란다.

얼떨결에 안으로 들어갔다. 그녀는 프랑스어만 했지만 아주 반가운 눈치였다. 그도 그럴 것이 우리 집 주변에는 정말 동양 사람은 눈을 씻고 찾아봐도 없었다.

그녀가 대뜸 말했다.

"열 살 때 입양돼 한국말 못 해요."

"아! 그러세요?"

몇 마디 나누고 자리로 돌아왔는데 평소 점심에는 주지 않는다는 반찬을 내왔다. 또 남편이 김치찌개가 먹고 싶다니까 메뉴에 없는데도 끓여주었다.

알고 보니 앞에서 이야기했던 지혜도 예전에 이곳에 몇 번 식사를 하러 온 적이 있어서 안면이 있는 사이라고 했다. 이상한 건 은영은 열 살에 입양된 것 치고는 한국말을 거의 알아듣지 못한다는 사실이었다.

그녀는 아버지의 학대가 심해서 엄마가 은영과 여동생을 두고 집을 나갔는데 그나마 아버지마저 암으로 돌아가시자 보육원에 맡겨졌다고 했다. 그러다 프랑스로 입양되었을 때는 만나이로 열 살이지만 실은 며칠 모자라는 열한 살이었단다. 그러면 우리 나이로는 열두 살, 5~6학년은 되었을 법한데 어떻게 그렇게 한국말을 싹 다 잊어버렸을까? 사연을 다 듣고 보니 이해할 수 있었다.

은영은 처음 프랑스 공항에 내렸을 때 바닥에 앉아 일곱 시간을 아무도 손대지 못하게 하며 울어댔다. 그러고 나서 양부모 집으로 갔는데 그 후 6개월 동안 목에서 아무 소리도 나오지 않더라는 것이다. 게다가 다시 소리를 낼 수 있을 즈음엔 양부모가 한국말을 쓰지 못하게 해서 결국 머릿속에 그 말들이 갇혀 버린 모양이었다. 그래도 만나자마자 자기 이름이 이은영이라고 하는 걸 보니 마지막 정체성은 붙들고 있었던 듯하다.

신기한 것은 고향 부산에서 할머니를 도와 김치 담그던 기억은 남아 있었다는 것이다. 은영은 그때 했던 대로 김치도 담그고 한국 음식도 기억을 더듬어서 할 줄 알게 되었다. 은영의 김치는 간이 좀 세서 경상도 김치인 줄 알 수 있었다.

한국말은 잊었지만 유일하게 기억하는 게 '무궁화, 무궁화 우리나라 꽃'이란 노래이다. 밤마다 그 노래를 부르면서 잠이 들었다니 듣기만 해도 가슴이 아팠다. 지금은 결혼해서 세 아이의 엄마가 되었는데 지혜와는 달리 어릴 때 기억이 많이 남은 은영은 자기를 버리고 간 엄마를 찾고 싶은 마음이 없다고 했다. 너무 아픈 기억이 많아서 한국에도 가고 싶지 않다고 했다.

이상하게도 나는 종종 입양인과 만났다. 파리에 우리를 보러 왔던 조카 부부가 우리 집 건너편에 새로 연 식당에 다녀왔는데 거기 요리사 중 하나가 어릴 때 한국에서 입양된 사람이라는 얘기를 전해주었다. 집 앞이라 공사를 할 때부터 눈여겨보았는데, 코로나19 때문에 거의 2년간 파리에 오지 못하는 동안

이 식당이 미슐랭에서 별 한 개를 받았다. 언젠가 한 번 가봐야지 했는데 마침 조카 내외가 먼저 다녀온 것이다.

미국으로 돌아오기 바로 전날 늦은 시간에 들여다보니 예쁘장한 아가씨가 하얀 요리사 복장으로 일하는 게 보여 인사를 했다.

"아, 어제 온 그분들 친척이신가요?"

반갑게 맞는다. 이름은 유미애. 근무 중이라 다음에 파리에 왔을 때 꼭 다시 찾아오겠다고 하고 식당을 나섰다. 이렇게 예쁜 딸을 어릴 때 포기한 부모에게는 어떤 사연이 있을까? 혹시 길에서 잃어버리고 힘든 세월을 보내고 있는 건 아닐까? 사연은 알 수 없지만, 아직도 낯선 이국땅으로 아이들을 보내야만 하는 한국의 현실이 참 안타깝다.

오늘
저녁 메뉴는 뭐야

○

1939년에 지어진 몬트클레어 집은 뉴욕이 내려다보이는 높은 언덕에 있다. 사실 뉴저지에 집을 보러 다닐 때 평평한 땅에 지어진 집이 아니면 싫다는 조건을 달았다. 그런데 어쩌다 보니 언덕길에 놓인, 조건에 합당하지 않은 집을 사게 되었다.

집을 살 때도 연분이 있나 보다. 첫발을 들여놓자마자 '이건 사야겠다' 하는 생각이 들었으니 말이다.

마음이 끌려서 샀지만 60년이나 된 집이라 고칠 곳이 많다. 부엌은 노랗고 커다란 꽃무늬 타일의 1930년대 스타일이었고 천장까지 온통 거울로 된 방은 그걸 떼어내는 것만 해도 큰 공사였다.

그때 전기 기술자 키이스를 만났다. 당시 스물두 살쯤 된 젊은이였는데 우리도 30대 초반이라 금방 친해졌다. 그때나 지금이나 끼니때가 되면 눈앞에 있는 모든 사람과 함께 먹어야 하는 남편 때문에 키이스는 우리 집 공사가 계속되는 몇 달 동안 단골 식탁 손님이었다. 씩씩하고 친화력이 좋은데다 낯도 약간 두꺼운 편인 키이스는 공사가 끝나고 철수한 후에도 툭하면 전화해 밥 먹을 권리라도 있는 듯 물었다.

"오늘 저녁 메뉴는 뭐야?"

"왜? 먹으러 오려구?"

그래서 또 같이 밥을 먹곤 했다.

키이스는 지금 뉴저지 에섹스에서 제일 평판 좋은 전기 설치 회사의 사장님이다. 한때는 쿠바에 있는 여자친구를 사귀어 떠돌이로 살더니 뒤늦게 마음잡고 결혼해 예쁜 딸을 얻었다. 요즘은 자주 못 보지만 한 상에서 밥을 먹으며 지냈기에, 오랜만에 만나도 동기간을 만난 듯 반가운 마음이 남다르다.

사실 예전에 우리나라에서는 집에서 일하는 인부들의 식사를 차려주는 게 당연했다. 내가 여덟 살 때 우리 집을 증축했는데 공사하시던 아저씨들이 점심이면 막걸리를 곁들여 식사하시던 기억이 또렷하다. 요즘은 그런 풍경이 사라졌다고 하는데, 남편은 1970년대 우리나라 문화를 50년이 지난 지금, 뉴욕 한복판에서 이어가고 있다.

50년 긴 시간의 다리를
뛰어넘어

○

　한국 최종 학력이 초등학교 졸업인 남편에게는 서울 친구에 대한 막연한 그리움이 있었다. 50년 전에 헤어진 후 소식조차 들을 기회가 없어서 더 보고 싶고 궁금해하는지도 모른다.

　남편이 미국에서 다닌 중·고등학교에는 한국 학생이 거의 없어서 대학에 입학해 갑자기 만난 한국 친구들에게 무한한 감격과 안도감을 느꼈다고 했다. 주로 1970년대에 이민 온 이들은 대학에서 서로를 발견하고는 아주 쉽게 친해졌다. 그래서 남편의 대학 동창들은 마치 한국의 고등학교 동창처럼 관계가 끈끈하다.

　그런데 10여 년 전, 친한 전도사님이 우리 집에 놀러 오셨다가 초등학교 때 여자친구를 찾고 싶다는 남편의 장난기 섞인 말에 동조해서 동창을 찾는 인터넷 카페를 알려주셨다. 남편이 접속하기 무섭게 아는 친구가 연결됐고, 그때부터 흥분한 남편이 열정적으로 친구 찾기에 나섰다.

남편의 기억력은 내 상상을 훨씬 뛰어넘었다. 서울에서 대학 2학년까지 마친 나는 친구가 많아서인지 초등학교 동창이라곤 골목에서 같이 뛰놀던 배꼽 친구 여은이 말고는 별로 생각나지 않는데 남편은 시시콜콜 떠오르는 친구가 많았다.

당시 남편이 다녔던 초등학교의 학년에는 한 반에 90명씩 18반이나 있어서 동급생들만 1,600명이 넘었다는데 그들을 다 기억해내려 들었다.

남편은 한동안 동창 카페에 빠져 사는 듯했다. 아직 50년 전의 꼬마 얼굴로 남아 있는 친구들을 떠올리며 행복해했다. 개중에는 기억이 선명한 친구도 있었는데 그중 한 명이 덕영 씨이다. 1학년 때 남편이 반장이고 덕영 씨가 부반장이었다는데, 덕영 씨가 소풍날 남편 대신 담임선생님의 도시락을 싸 갔다는 추억을 들려주었다. 초등학교 1학년 때 일을 그렇게 세세히 기억하는 게 놀라웠다.

그러던 어느 날, 덕영 씨가 군에서 제대한 아들이 복학하기까지 남는 시간에 어학연수를 가려고 하는데 뉴욕에 학교 좀 알아봐 달라는 부탁을 해왔다. 필시 그냥 학교만 알아봐 달라는 뜻이었을 텐데, 남편은 우리 집에서 가장 가까운 대학을 택했다. 당연히 주말마다 집에 데려오겠다는 뜻이었다.

공항에 덕영 씨 아들 윤석이를 데리러 간 날, 아무 사정도 모르는 윤석이는 남편과 자기 아빠가 50년 전에 헤어진 후로 한 번도 만나지 못한 사이라는 말을 듣고는 놀라는 눈치였다. 5월에 어학연수가 끝날 때쯤 덕영 씨 부부가 때맞춰 미 동부 여행을 왔다. 남편과 덕영 씨는 그야말로 눈물의(?) 상봉을 했다.

덕영 씨 부부는 단체관광이 끝난 후 우리 집에서 며칠 묵었다. 그사이에 우리는 필라델피아에서 열리는 우리 딸의 조정경기를 함께 보고 왔다. 서울에 돌아갈 때쯤 되니 남편과 덕영 씨는 50년 세월을 함께한 친구처럼 허물이 없어졌다. 나와 윤석이의 엄마도 오래 알았던 친구같이 친해졌다. 이제는 서울 갈 때마다 같이 밥이라도 먹고 오는 사이가 되었다.

그 외에도 뉴욕 근처를 들르는 초등학교 친구들이 있으면 남편은 만사를 제치고 만나러 갔다. 그렇게 많은 친구를 새로(?) 사귀게 되었고, 친구들은 친구들대로 우리가 서울에 갈 때마다 번개팅으로 모였다. 본래 부인들은 안 따라가는 동창 번개 모임에 특별 손님으로 따라다닌 덕에 이제는 나도 그 학교를 나온 듯 착각할 지경이 되었다. 심지어 남편이 나에게 동창회장을 맡으라고 농담할 정도로.

4학년 때 전학 왔다는 짝퉁(?) 동창 준이 씨는 친화력이 남달라서 이제는 대학 동창보다 더 친근하게 느낄 정도가 되었다. 팬데믹이 있기 전해에 뉴욕에 여행 왔던 준이 씨네와 파리와 벨기에로 열흘간 여행을 다녀왔다. 몇 년 전까지만 해도 서로의 존재를 모르고 살아왔는데 한순간에 이렇게 친해질 수 있는 건 역시 합숙의 힘이리라.

남편은 생각지 않은 해프닝으로 많은 친구를 찾았다. 하지만 정작 찾고 싶었던 첫사랑 소녀는 아직 나타나지 않았다.

인생의 황금기를
같이할 친구

○

　패밀리 터치Family Touch라는 비영리 단체와의 인연도 어느새 10년이 되어간다. 패밀리 터치는 상담이 필요한 가정에 경제적 형편에 따라 얼마간의 금액을 지원하거나, 때로 무료상담을 해주는 단체이다. 한인들을 위한 단체는 아니지만 도움을 받는 대다수가 한인 이민자 가족이다. 최근에는 2세들도 꽤 많은 수가 상담받고 있다.

　그 단체의 정정숙 원장님이 우리 교회에서 '대화 학교'라는 강의를 하셨는데, 그때 처음 원장님을 만났다. 이후 정 원장님이 10주년 기념행사를 좀 도와달라고 하셔서 참여했는데 행사가 끝나고 어쩌다 이사직까지 맡게 되었다.

　원장님은 상담학을 전공하신 때문이기도 하겠지만 내가 만난 모든 사람 중 가장 남을 배려할 줄 아는 분이다. 늘 칭찬과 감사를 입에 달고 사셔서 좋은 일이나 힘든 일이 생기면 제일 먼저 원장님 생각이 난다. 나이도 동년배라 서로 호감을 가지게 되었는데 인생 친구로 지내고 싶은 분이다.

우리가 합류했던 10년 전, 패밀리 터치는 적은 수의 이사들이 열심히 발품을 팔아 기금모금을 해서 근근이 꾸려나가는 신박한 단체였다. 회의 때도 순두부 정도의 저렴한 음식을 모인 사람 수의 반 정도만 시키고 공깃밥을 추가해 나누어 먹었다. 빡빡한 재정을 우리가 축낼 수는 없기 때문이었다. 우리의 열정과 달리 현실은 힘들었지만 그래서인지 오히려 한 가족 같은 훈훈한 분위기였다. 우리는 일 년에 한 번쯤 우리 바닷가 집에서 1박 2일을 지내며 친목을 쌓았다. 늘 서로 격려하고 힘든 일을 나누어 지면서 즐겁게 일하려고 노력하고 있다.

내 인생의 황금기를 같이할 친구 미키도 패밀리 터치에서 만났다. 그녀를 처음 봤을 때만 해도 나와 동갑인지 몰랐다. 이사가 된 지 1년도 안 돼 공석이 된 이사장 자리에 만장일치로 추천받은 미키가 뛰어난 리더십과 넓은 인맥을 발휘하는 것을 보고 나보다 손위려니 했다. 그런데 우리 바닷가 집에서 하루를 지내고 미키가 동갑내기라는 사실을 알았다. 나는 내 나이에 아직도 소녀 같은 그녀의 순수함에 반해버렸다.

미키의 남편 현 박사님은 우리 남편보다 다섯 살이 위인데, 알고 보니 우리 남편의 돈암초등학교 선배여서 곧바로 "우리 후배님"이라는 농담 섞인 애칭으로 부르셨다.

이렇게, 살다 보면 보자마자 호감 가는 사람들이 있다. 나이 들어 사귀어도 처음부터 언제 다시 만날까, 그날을 기다리게 만드는 사람들 말이다.

두 번째 만났을 때는 비슷한 여행 계획이 있음을 알게 되어서 시간을 맞춰 함께 갔다. 그러면서 우리가 이 나이에 만나 금세 호감을 갖게 된 데에는 같은 하나님의 자녀라는 것과 가치관이 비슷하다는 점이 크게 작용한 것 아닌가 생각했다.

김형석 교수님은 60세부터 75세까지가 인생에서 제일 좋은 때였다고 말씀하셨다. 어느 정도 현명해졌고, 아직은 무엇이든 할 수 있는 건강한 나이라는 것이다. 미키와 나는 바로 그 제일 좋다는 시기에 한 발자국 같이 들여놓았다. 이 인생의 황금기를 보람된 일을 함께하면서, 혹시나 어려운 일이 닥치면 다독이고 나누며 살고 싶다. 서로 배우고 길동무하며 같이 가면 얼마나 좋겠는가.

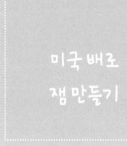

미국 배로
잼 만들기

우리 집에서 두 블록 떨어진 곳에 미스터 망고^{Mr. Mango}라는 가게가 있다. 이곳은 24시간 연다는 편리성 말고도 과일과 채소를 아주 싸게 파는 장점이 있다. 한국인이 운영하는데 인근에 열 개가 넘는 체인점을 갖고 있다. 이름도 미스터 키위, 미스터 코코 같은 과일 이름이다.

한국의 '총각네 야채가게'와 비슷한 것 같은데, 구매량이 많아서 싼값에 물건을 받아오는 듯했다. 가끔 유통기한이 임박한 물건은 더 싸게 팔아서 그때 사면 공짜다 싶을 정도이다.

어느 여름에 황도 몇 개를 사왔는데 어찌나 맛있던지 바로 다시 사러 갔다. 그새 성한 건 동이 나고 멍든 것들을 담아놓은 상자만 있었다. 마침 매니저 미스터 윤이 있기에 그것을 살 수 있냐고 물어봤더니 오히려 미안해하며 말했다.

"그냥 가져가세요."

냉큼 가져다가 껍질을 벗기고 얇게 썰어서 한소끔 끓였더니 훌륭한 복숭아 잼이 되었다. 사실 나는 잼을 별로 좋아하지 않는다. 그런데 자주 브런치 모임을 하다 보니 손님용 잼이 필요했고, 한 가지 정도 흔하지 않은 재료로 만든 잼이 있으면 식탁이 더 향긋하고 풍성해졌다.

우리 집의 수제 잼 중에서 소개하고 싶은 건 배 잼이다. 예전에 포르투갈 신트라에 갔을 때 카페에서 스콘에 발라 먹은 적이 있는데 얼마나 맛있던지 집에 와서 바로 해보았다. 굉장히 만들기 쉬운데다 향이 기가 막혀서 자주 해먹는다.

아쉬운 것은 재료가 미국 배$^{Bartlett pear}$여야 한다는 것이다. 한국 배로 만들어보기도 했는데 향이 미국 배만 못하다. 아삭한 맛이 없고 삶은 것 같아서 평소엔 안 좋아하던 미국 배가 잼을 만드는 데는 제격이다.

잼을 만들려면 껍질이 연두색에서 예쁜 연노랑으로 바뀌고 누르면 쏙 들어갈 정도로 익은 것이 좋다. 잘 익은 것은 향기가 감돌아 눌러보지 않아도 알 수 있긴 하다. 덜 익어 딱딱한 배는 상온에서 며칠 익히면 물렁해진다.

배, Bartlett pear, 15×25, 15×15cm,
Watercolor, 1980

✝ 파리에서 공부할 때 그린 그림.
　서양배는 볼 때마다 그리고 싶어진다.

만들기

❶ 배는 껍질을 벗겨 반으로 잘라 속을 도려내고 얇게 저민다. 저미지 않고 깍둑썰기를 하면 빵에 얹을 때 흘러내린다.

❷ 냄비에 넣고 배에서 즙이 나올 때까지 중간불에서 한소끔 끓인다.

❸ 건더기만 건져 소독해놓은 병에 담고, 남은 배즙은 걸쭉해질 때까지 더 끓인다.

❹ 걸쭉하게 졸인 즙을 병에 담아놓은 저민 배 위에 부으면 향기로운 배 잼 완성이다.

바삭하게 구운 빵에 버터를 바르고 배 잼을 얹으면 프랑스 빵집에서 파는 배 타르트와 비슷하다. 설탕을 넣지 않은 100퍼센트 과일 잼이라 듬뿍 얹어도 괜찮다.

보고 싶다, 리오야

○

우리 딸은 서너 살 때부터 강아지를 기르고 싶어 했다. 내가 강아지를 별로 좋아하는 편이 아니라 계속 미루면서 대신 각종 봉제 강아지를 사주었다. 그래도 딸아이는 포기하지 않았다.

딸이 열두 살쯤 되었을 때 하도 귀찮아서 털 안 빠지고, 냄새 안 나고, 너무 크지 않고 이러저러한 강아지라면 한 번 고려해보겠노라고 대답했다. 세상에 거의 존재하지 않을 것 같은 까다로운 조건을 달아서. 그런데 어느 날 그런 강아지가 나타난 것이다.

"엄마, 이 강아지는 보러 갈 수 있대!"

딸이 부엌에서 추수감사절 음식 준비로 바쁜 나에게 외쳤다. 우리 딸이 흥분해서 말한 강아지는 하얀 털에 다리가 짧고 귓속이 분홍색인 귀여운 웨스티 종이라 개밥 선전에도 자주 나온다.

이 강아지를 찾기까지 딸아이는 매일 유기견 사이트를 검색했다. 가끔 원하는 강아지를 찾기도 했지만, 새끼일수록 경쟁이 심해 200:1이 될 때도 있었다. 그런 딸이 측은해서 애견가게에서 사주겠다고 하니 절대 안 된단다. 영리 목적으로 개를 길러 파는 사람들에게 쉽게 돈을 벌게 해주면 안 된다고 했다.

그때까지 원하는 강아지가 나올 때마다 몇 번을 신청해도 보러 갈 기회조차 주어지지 않았던 터라 나도 흥분해서 음식을 하다 말고 강아지를 보러 가기로 했다. 비가 부슬부슬 오는데 50분쯤 떨어진 유기견 임시보호소를 찾아갔다. 보통은 사이트에 사진이 뜨는데 이 아이는 사진도 없었다. 추수감사절 이틀 전이라 다들 바빠서 아무도 신경 쓰지 않았나 보다.

보호소에 도착해 조금 기다리자 자원봉사를 하는 작은 체구의 할머니가 강아지를 데리고 나오셨다. 크기는 내가 원하던 것보다는 조금 컸고 다리도 어중간하게 긴 데다 털은 쥐뜯어 먹은 듯 듬성듬성 잘라주어 아주 볼품이 없었다. 게다가 이 녀석이 큰 방을 돌면서 몇 걸음에 한 번씩 오줌을 누는 게 아닌가.

맙소사!

그때만 해도 그게 낯선 환경에서 개들이 흔히 하는 영역표시라는 걸 몰랐던 나로서는 암담하기 짝이 없었다. 내 얼굴을 보고 대충 상황이 짐작됐는지 할머니가 말씀하셨다.

아무리 아이가 원해도 일단 입양하면 모든 일은 엄마 몫이다. 만일 못 기를 것 같으면 다시 받아줄 수 있지만, 입양비로 내는 350달러는 환불이 안 된다.

그래도 일단 돌려줄 수 있다는 말에, 게다가 이런 낙후한 환경에 절대 강아지를 두고 갈 수 없다는 딸아이의 부탁에 집으로 데려가기로 했다. 차 뒷자리에 태우자 얼마나 얌전히 오는지 그것 하나는 무척 마음에 들었다. 그런데 집에 와서도 강아지가 한 번도 소리 내는 걸 들어보지 못했다.

혹시 목소리가 안 나오나?

다음 날 아침, 잠에서 깨더니 낯설어서인지 왕왕 짖어댔다.

아이고, 다행이다.

그 후 딱 이틀 만에 대소변을 가렸고 우리는 심성이 느긋하고 착한 강아지라는 걸 알게 되었다. 할머니께 들은 바로는 뉴욕 시내에서 한 달쯤 유기견으로 떠돌다가 보호소에 오게 되었단다. 길을 잃어버렸나, 주인이 버렸나 내내 궁금했지만, 알 방법은 없었다. 동물병원 수의사 말로는 유치가 아직 빠지지 않은 게 태어난 지 한 6개월쯤 되었을 거라고 했다.

리오, Leo, 45×30cm, Pencil sketch, 2007

ႃ 리오가 우리 집에 온 지 얼마 안 되어서 그린 그림이다.
아이들이 어릴 때 자는 모습을 스케치해 액자에 걸어놓았기에
우리 막내 리오도 하나 그려주었다.

강아지 이름은 리오로 지었다. 우리 딸이 어릴 때 좋아하던 만화 주인공 흰 사자 리오를 닮아서였다. 한 가지 특이한 점은 리오가 사람을 별로 따르지 않는다는 거였다. 우리가 하루 종일 나갔다 와도 한 번 쓱 쳐다보면 그만이었다. 옆에 앉히고 쓰다듬으려 하면 슬쩍 빠져나가 남편이 도망치지 못하게 꼭 잡기도 했다. 심지어 아이들이 고양이와 잡종이 아닐까 억측할 정도로 고양이 성품을 갖고 있었다.

　그런데 리오를 우리 곁에 자진해서 오게 할 방법이 딱 하나 있었다. 뭔가를 먹거나 과자봉지 부스럭거리는 소리 같은 것을 내면 멀리서도 귀신같이 알아듣고 삽시간에 눈앞에 와 있었다. 유기견일 때 굶고 지낸 트라우마를 극복하지 못해서 포만감을 모르는 리오는 눈앞에 있는 음식은 무조건 먹어치웠다. 플라스틱을 주워 먹어 병원에 간 일도 있고, 우리가 없을 때 사료 봉지를 발견하고는 거의 다 먹어버린 일도 있었다. 리오는 사료의 형태를 겉에서 알아볼 수 있을 정도로 뱃가죽이 늘어나 있었다.

　사람이나 동물이나 태어난 후 일정 기간 안에 충분한 사랑을 받고 사회성을 길러야 하는데 우리 리오는 그렇지 못했던 모양이었다. 그래서 한번은 친하게 지내던 전도사님께서 리오를 위해 기도도 해주셨다.

어릴 때 받은 상처를 치료해주시라고.

비록 아기 때의 상처는 있었지만, 리오는 우리 집에서 지극한 사랑을 받았다. 우리 집을 방문한 사람들도 모두 리오를 좋아했다. 리오가 우리 집에 온 첫해에 우리는 가족 크리스마스 카드 사진에 리오를 대표로 내세웠다. 산타 모자를 쓴 리오는 참 사랑스러웠다. 세상없이 과묵하고 순한 리오는 우리에게 반려견이 아니라 그냥 가족이었다.

열네 살 되던 해 리오는 우리 곁을 떠났다. 지금도 리오를 생각하면 나는 콧등이 시큰해진다. 사람들은 리오가 우리 집에서 귀여움을 많이 받았다고 위로하지만, 엄마인 나로서는 잘해주지 못한 것만 생각난다. 바다에 가면 파도를 향해 달려갔다 돌아오기를 반복하며 그렇게 좋아했는데, 해변에서 아무거나 주워 먹고 탈이 난다고 자주 데려가지 않았던 게 다 후회된다.

리오는 화장했다가 그해 봄, 바닷가 집 능금나무에 꽃이 피었을 때 그 아래 묻어주었다. 작은 나무 십자가에 'Leo Kim 1/16/20'이라고 새겨 무덤 위에 세웠다.

리오의 십자가, Cross for Leo, 25×25cm, Watercolor, 2021

✝ 2020년 1월에 우리 곁을 떠난 리오를
　꽃피고 따뜻한 봄날에 정원의 능금나무 밑에 묻어주었다.
　우리 아이들이 돌아가며 추모사를 했다.
　봄마다 능금나무의 분홍 꽃잎이 수북이 내려
　이불처럼 리오를 덮어준다.

에필로그

○

어느 날 우연히 손님 초대일지를 써봐야겠다고 마음먹은 데
는 몇 가지 이유가 있는데, 그중 하나는 남편과 내가 왜 그렇게
끊임없이 사람들을 초대하는지 실마리를 찾아보자는 것이었
다. 기록을 시작하자마자 나는 무엇에 사로잡힌 것처럼 글쓰기
에 매달렸다. 전형적인 올빼미형 인간이 새벽마다 일어나 글을
썼다. 그래서 내가 그 실마리를 찾았을까?

그런 것 같다. 찾은 것 같다.

그동안 나는 성경을 읽으며 그 말씀들이 하나같이 보석 같지
만, 나처럼 나약한 인간이 실천하기에는 때론 무겁고 고통스러
운 과제라고 생각하기도 했다. 그런데 초대일지를 쓰면서 생각

이 바뀌었다. 성경 말씀은 무거운 숙제가 아니라 사람을 행복하게 하기 위한 특별한 처방이었다.

그간 나는 우리 부부가 많은 사람을 초대했던 것은 "나그네와 고아를 돌보라"는 성경 구절을 조금이나마 실천하고 싶어서였다고 생각했다. 그런데 지난 40년을 돌아보니 그게 아니었다. 우리가 남을 도운 게 아니고 우리를 찾아준 사람들이 우리 삶을 구원했다는 걸 알았다. 그분들 덕분에 우리 부부의 삶이 늘 새롭고, 밝고, 행복했다. 그게 손님 초대의 원동력이었다. 그동안 나와 남편의 인생길에 따뜻한 길동무가 되어준 분들께 감사드린다.

2022년 5월
서울에서
송 순 빈